한국사 대모험 사전 ②
한국사
대모험
설민석의
찾아라!
속담 사전
초등 필수
속담
88개
원작 | 한국사 대모험
감수 | 단꿈아이
천 리 길도
한 걸음부터!
일찍 일어나는 새가
벌레를 잡는다!
우리와 함께 하면
속담은 누워서 떡 먹기!
설쌤이 알려 주는
교훈을 배우는 속담
온달이 알려 주는
재치가 넘치는 속담
평강이 알려 주는
지혜가 생기는 속담
로빈이 알려 주는
어휘력이 자라는 속담
서울문화사

들어가기

역사 바보인 온달을 역사 천재로
만들기 위한 특급 프로젝트!
타임슬립으로 위인을 만나는 역사 대모험!

설쌤

용의 송곳니를 갈아 만든 분필로
시간 여행을 하는 능력자!
평강 공주가 선택한 온달을
부마로 만들기 위해
고사성어를 가르쳐 줍니다.

온달

귀여운 외모를 가졌지만 역사 바보!
설쌤과 역사 여행을 하며
고사성어를 배워 나갑니다.

평강

한국사에 관심이 많은 고구려의 공주!
온달이 부마로 인정받을 수 있도록
함께 역사 여행을 떠납니다.

엑스맨

역사 속 위인들의 업적을 가로채
위인이 되고자 하는 악당!

로빈

위기의 순간에 나서
설쌤과 친구들을 지키는
용감한 강아지!

- 초등학생이 알아야 할 88개의 속담을 주제별로 구성했어요.
- 속담의 겉뜻과 그 안에 담긴 의미를 이해하며 문해력을 길러요.
- 초등 교과서에 수록된 속담을 포함하여 구성했어요.

❶ 속담의 겉뜻과 그 속에 담긴 뜻을 나누어 구성했어요.

❸ 속담을 표현한 그림에서 숨은 그림을 찾아요.

❷ 속담 속 어려운 어휘를 확인해요.

❹ 비슷한 의미의 고사성어나 속담을 알려줘요.

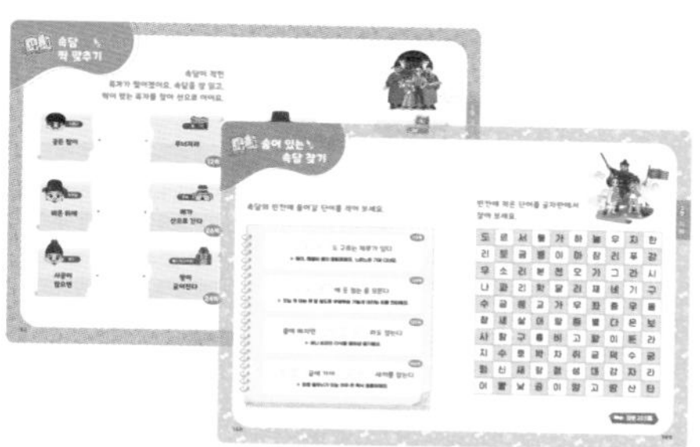

❺ 짝 맞추기, 속담 찾기 등 재미있는 놀이가 있어요.

차 례

1 장
설쌤이 알려 주는
교훈을 배우는 속담

2 장
온달이 알려 주는
재치가 넘치는 속담

3 장
평강이 알려 주는
지혜가 생기는 속담

4 장
로빈이 알려 주는
어휘력이 자라는 속담

개구리
올챙이 적
생각 못 한다
하늘이
무너져도
솟아날
구멍이 있다
웃는 낯에
침 뱉으랴
가는 말이
고와야
오는 말이
곱다
세 살 버릇
여든까지
간다

1 장
설쌤이 알려 주는
교훈을 배우는 속담

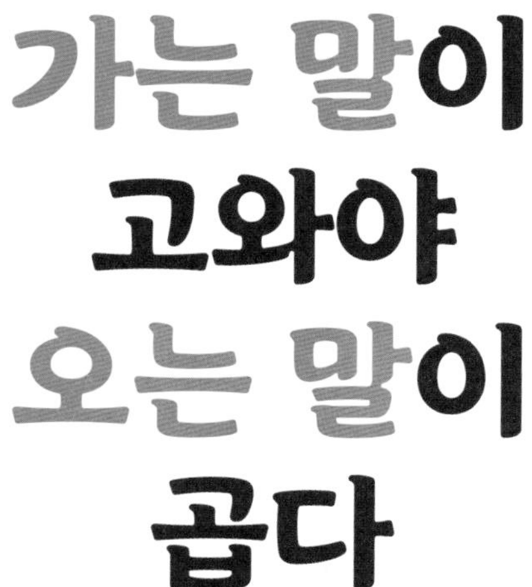

가는 말이 고와야 오는 말이 곱다

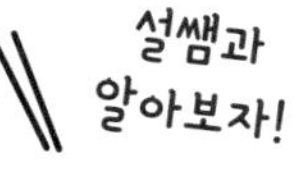

무슨 뜻일까요?

겉뜻 내가 말을 곱게 해야 남도 말을 곱게 한다는 뜻이에요.

내가 말이나 행동을 좋게 해야 상대방도 말이나 행동을 좋게 한다는 것을 비유하는 말이에요. 내가 친구를 배려하지 않고 함부로 말을 하면, 친구도 나에게 속상한 말을 할 수도 있어요. 그러니 친구나 부모님과 대화를 할 때 서로 좋은 말을 해야겠지요.

'곱다'는 모양, 생김새, 행동 등이 산뜻하고 아름답다는 의미예요.

눈이 뒤에 달렸어? 조심성 없이!

같이 부딪혔잖아요!

뭐? 말을 곱게 해야지.

가는 말이 고와야 오는 말이 곱죠!

비슷한 속담

가는 정이 있어야 오는 정이 있다

내가 친구에게 친근하게 대하고 가까이 다가가야 친구도 나에게 같은 행동을 한다는 뜻이에요.

개구리 올챙이 적 생각 못 한다

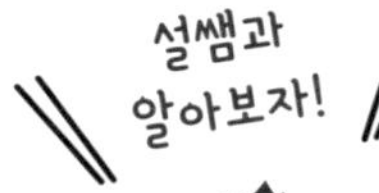

무슨 뜻일까요?

겉뜻 **개구리가 팔다리 없이 둥근 몸통에 꼬리만 있던 올챙이 시절을 생각하지 못한다는 뜻이에요.**

마치 처음부터 잘났단 듯이 착각하며 뽐내는 사람을 비유할 때 쓰는 말이에요. 형편이나 사정이 나아졌다고 하여 지난날에 힘들었던 때를 잊으면 안 돼요.

올챙이는 개구리의 어린 시절로, 아직 다리가 자라지 않은 모습이에요.

올챙이

*안중근이 누구야? 유명해?

친구야… 너 정말 심각하구나?

하하… 개구리 올챙이 적 생각 못 한다더니.

*안중근: 대한제국 말기에 나라의 자유와 독립을 위해 싸운 독립 운동가.

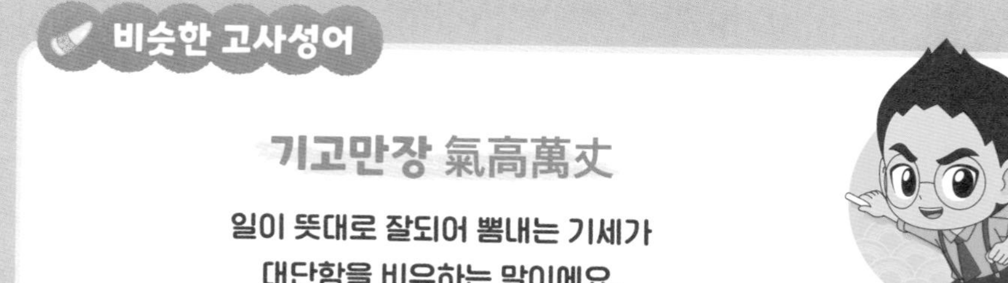

비슷한 고사성어

기고만장 氣高萬丈

일이 뜻대로 잘되어 뽐내는 기세가 대단함을 비유하는 말이에요.

공든 탑이 무너지랴

설쌤과 알아보자!

무슨 뜻일까요?

겉뜻 공들여 쌓은 탑은 무너질 리 없다는 뜻이에요.

온 힘과 정성을 다하여 한 일은 그 결과가 헛되지 않고 그만한 보람이 있음을 비유적으로 이르는 말이에요. 해내고 싶은 일을 온 마음을 다하여 공들여 한다면 분명 이전보다 좋은 결과를 얻을 수 있어요.

'공들다'는 어떤 일을 이루는 데에 정성과 노력을 많이 들인다는 의미예요.

*선덕여왕님,
*첨성대가 정말
하늘을 알려
줄까요?

공든 탑이
무너지겠느냐.

열심히 했으니
반드시 성공할 거란다.

*선덕여왕: 신라 제27대 왕이며, 한국사 최초의 여왕. *첨성대: 경상북도 경주시에 있는 신라 중기의 천문관측소.

비슷한 고사성어

형설지공 螢雪之功

고생을 하며 부지런하고 꾸준하게
공부하는 자세를 말해요.

낮말은 새가 듣고 밤말은 쥐가 듣는다

무슨 뜻일까요?

겉뜻 **아무리 조심스럽게 한 말이라도 낮에 하는 말은 새가 듣고, 밤에 하는 말은 쥐가 들을 수 있어요.**

아무리 비밀로 한 말이라도 반드시 남의 귀에 들어가게 된다는 말이에요. 말을 함부로 했다가는 큰 코를 다칠 수가 있어요. 아무도 듣지 않는 곳이라고 생각해도 비밀은 결국 지켜지지 않으니 늘 말조심을 해야 해요.

'낮말'은 낮에 하는 말을, '밤말'은 밤에 하는 말을 뜻해요.

전하가 불시에 *성균관에 방문해 시험을 치다니! 유생들을 괴롭히기로 작정하신 게야.

욕도 어찌나 찰지게 하시는지!

쉿! 낮말은 새가 듣고 밤말은 쥐가 듣는다네.

짝ㅡ

하핫…, 전하 장수하시겠어요.

*성균관: 조선 시대 최고의 교육기관.

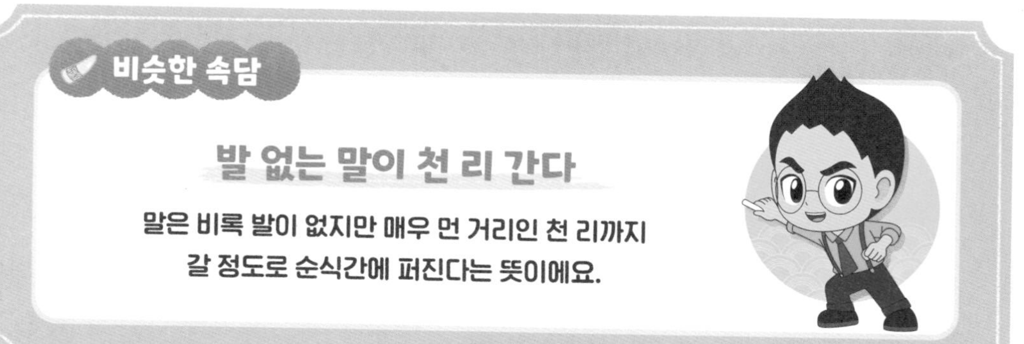

비슷한 속담

발 없는 말이 천 리 간다

말은 비록 발이 없지만 매우 먼 거리인 천 리까지 갈 정도로 순식간에 퍼진다는 뜻이에요.

돌다리도 두드려 보고 건너라

무슨 뜻일까요?

겉뜻 돌다리는 튼튼하지만 그래도 혹시 무너질 지 모르니 두드려 보고 건너야 해요.

잘 아는 일이라도 꼼꼼하게 주의를 살펴야 한다는 말이에요. 돌다리는 겉으로 보기에는 정말 튼튼해 보이지만 금이 그어져 있다면 살짝만 밟아도 무너질 수 있어요. 그러니 두드려 보고 건너야 안전하겠지요.

돌다리는 돌로 만든 다리를 말해요.

저 사람,
세 보이는데
괜찮겠어?

걱정 마.
*씨름이라면
자신 있어!

돌다리도
두드려 보고
건너라고 했어.

방심하지 말고
신중해야 해.

*씨름: 두 사람이 마주 잡고 넘어뜨리는 것으로 승부를 가리는 우리 나라의 전통 민속놀이.

아는 길도 물어 가랬다

평소에 잘 알고 있던 길이라고 하더라도
좀 더 세심하게 주의를 살피라는 말이에요.

뛰는 놈 위에 나는 놈 있다

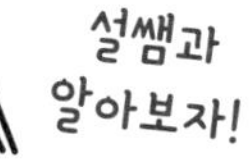

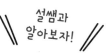

무슨 뜻일까요?

겉뜻 달리는 사람보다 날아가는 사람이 목표한 곳에 더 빠르게 도착할 수 있어요.

아무리 재주가 뛰어나다 하더라도 그보다 더 뛰어난 사람이 있다는 말이에요. 본인이 제일이라고 스스로 뽐내며 잘난 척하는 행동은 조심하는 편이 좋아요.

'날다'는 발이 땅에 닿지 않고 하늘 위로 올라서 이곳에서 저곳으로 움직임을 의미해요. 또는 어떤 사람이나 사물이 매우 빠르게 움직이는 모습에도 쓰여요.

*김홍도: 조선 후기의 화가. *씨름도: 씨름하는 사람들의 모습을 묘사한 김홍도의 대표작.

비슷한 속담

범 잡아먹는 담비가 있다

맹수의 왕인 호랑이를 잡아먹는 지혜로운 담비가 있다는 뜻으로,
자신이 최고인 것 같아도 더 뛰어난 이가 있다는 말이에요.

말 한마디에 천 냥 빚도 갚는다

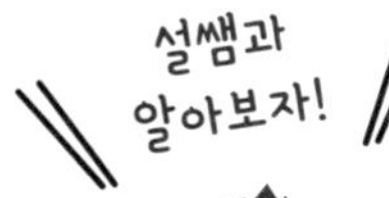

무슨 뜻일까요?

겉뜻 잘한 말 한마디로 천 냥이나 되는 큰 빚을 갚을 수도 있어요.

말만 잘하면 어려운 일이나 불가능해 보이는 일도 해결할 수 있다는 말이에요. 말을 어떻게 하느냐에 따라서 갚을 수 없어 보이는 엄청나게 큰돈도 해결할 수 있으니 평소에 말을 잘할 수 있도록 노력해야겠지요.

냥은 옛날에 쓰던 돈인 엽전을 세던 단위에요.

엽전

아~, 살살 녹는다. 할머니 떡이 시장에서 최고로 맛있어요.

아유, 고 녀석~ 말도 예쁘게 하는구나. 하나 더 주마.

말 한마디에 천 냥 빚도 갚는다더니….

비슷한 속담

말로 온 공을 갚는다

말만 잘해도 은혜를 갚을 수 있다는 뜻으로,
말의 중요성을 이르는 말이에요.

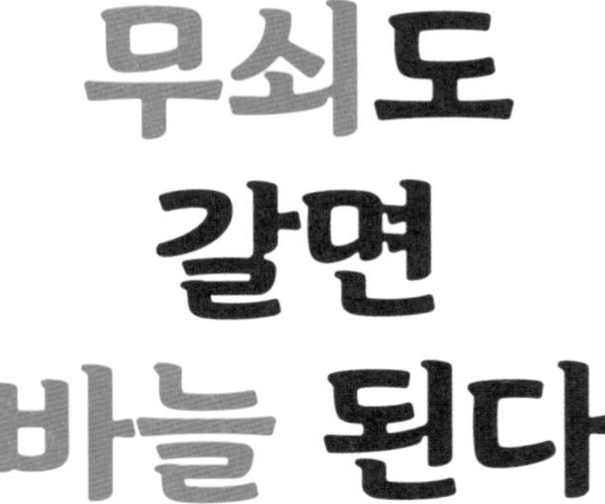

무쇠도 갈면 바늘 된다

무슨 뜻일까요?

겉뜻 단단해 보이는 강철 무쇠도 계속해서 문지르면 가느다란 바늘이 돼요.

꾸준히 노력하면 어떤 어려운 일이라도 이룰 수 있다는 말이에요. 가끔은 그만하고 싶은 순간이 있지요. 하지만 포기하지 않고 계속 노력하면 이룰 수 없어 보이는 것도 분명 해낼 수 있을 거예요.

바늘은 옷이나 가방 등을 만들거나 구멍이 났을 때 꿰매는 도구예요.

지도는 조상들이 남긴 지도들을 분석하고, 찾아다니며 확인하는 과정을 거쳐서 만든단다.

하아… 김정호 선생님, 그렇게 해서 언제 전국 지도를 완성해요?

무쇠도 갈면 바늘 된다지 않느냐?

*대동여지도는 꾸준한 인내와 노력으로 만들어졌구나.

*대동여지도: 김정호가 제작한 한반도의 지도.

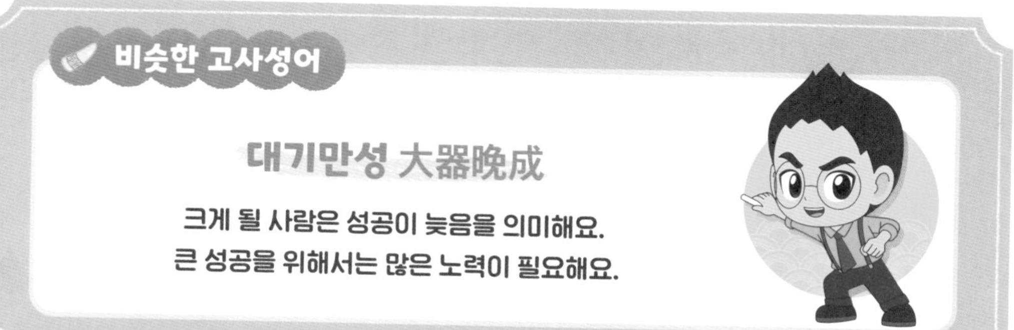

비슷한 고사성어
대기만성 大器晩成
크게 될 사람은 성공이 늦음을 의미해요.
큰 성공을 위해서는 많은 노력이 필요해요.

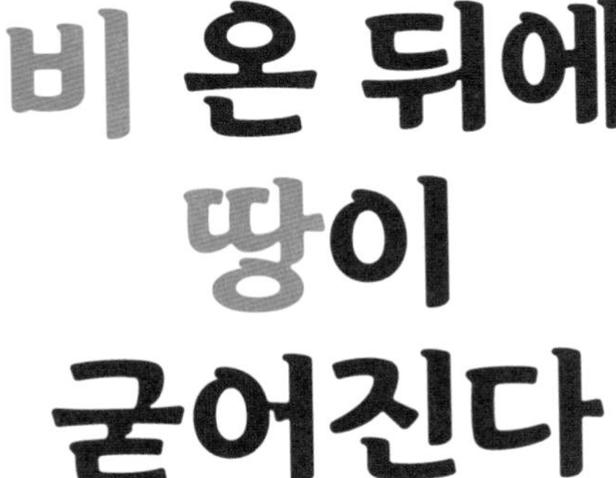

비 온 뒤에 땅이 굳어진다

무슨 뜻일까요?

겉뜻 비가 오면 흙이 젖어서 질척이지만, 흙이 마르면 이전보다 단단하게 굳어져요.

사람이 힘든 일을 겪은 뒤에 몸과 마음이 더욱 굳세져서 한 뼘 더 강해진다는 말이에요. 가끔은 친구와 다퉈서 서로 마음이 상할 때가 있지요. 하지만 오해를 풀고 서로 화해하고 나면 우정이 더욱 깊어질 수 있답니다.

'굳다'는 무른 물질이 단단해진다는 뜻이에요. 흔들리거나 변하지 않을 만큼 강하고 확고하다는 뜻으로도 쓰여요. 예를 들면 '심지가 굳은 친구'와 같은 표현처럼 말이지요.

과거의 *견훤은 죽었습니다. 지난 일은 잊고 저와 함께 큰 뜻을 펼쳐 주시지요.

비 온 뒤에 땅이 굳어지듯 우리의 동맹이 큰 힘을 발휘할 것입니다.

폐하….

*견훤: 후백제의 초대 왕. 고려를 세운 태조 왕건에게 대적하였으나, 아들의 반역으로 인해 왕건과 힘을 합침.

비슷한 고사성어

고진감래 苦盡甘來

쓴 것이 다하면 단 것이 온다는 뜻이에요.
고생 끝에 즐거움이 옴을 비유한 말이에요.

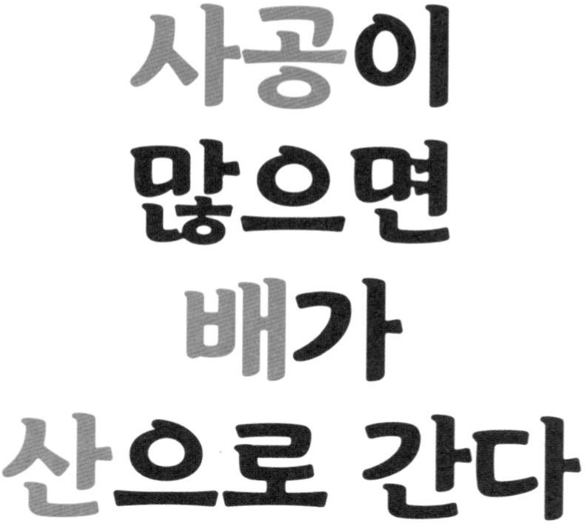

사공이 많으면 배가 산으로 간다

무슨 뜻일까요?

겉뜻 사공 여러 명이 각자의 주장대로 배를 몰면 바른 길로 가지 못하고 엉뚱하게 산으로 올라가게 돼요.

여러 사람이 자기주장만 내세우면 일이 제대로 되기 어려움을 비유적으로 이르는 말이에요. 일을 진행할 때 책임지고 맡아서 진행하는 사람 없이 주변에서 지시하고 간섭하는 사람만 많으면 일을 망치게 되지요.

사공은 배를 부리는 일을 하는 사람을 말해요.

이번에는 김정호 선생님을 만나러 갈까?

전 이순신 장군님을 만나고 싶어요!

왈!

허준 선생님!

안중근 선생님을 만나러 가요!

사공이 많아 배가 산으로 가겠어.

비슷한 속담

목수가 많으면 집을 무너뜨린다

어떤 일을 할 때 제각기 주장하는 의견이 너무 많으면
도리어 일을 망치게 된다는 말이에요.

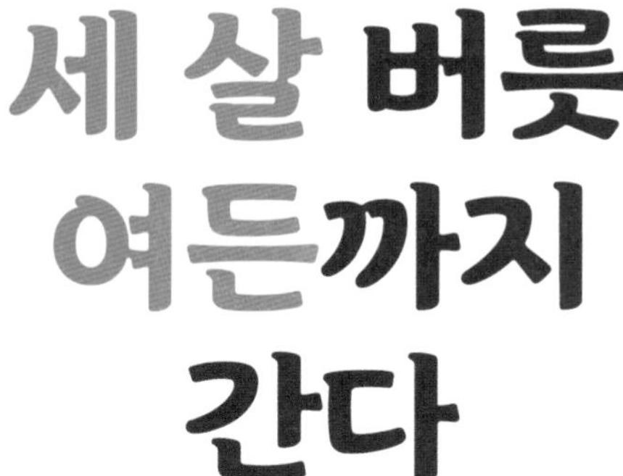

세 살 버릇 여든까지 간다

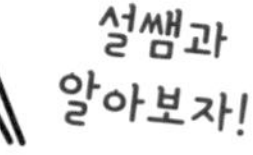

설쌤과
알아보자!

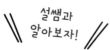

무슨 뜻일까요?

겉뜻 세 살 아이 때 시작된 버릇은 여든 살이 되어도 쉽게 고쳐지지 않아요.

어릴 때 한 번 생긴 습관이나 버릇은 나이가 들어서도 고치기 어렵다는 말이에요. 주변에 다리를 떨거나 입술을 깨무는 등 안 좋은 버릇을 가진 친구가 있다면 하루 빨리 고쳐야 한다고 알려 주세요.

버릇은 오랫동안 자꾸 반복하여 몸에 익어 버린 행동을 말해요. 보통은 필요 없는 행동이나 말 등을 반복적으로 하는 것을 뜻해요.

온달아,
다리 그만 떨어.
세 살 버릇
여든까지 간다~.

그래, 한번
생긴 습관은 고치기
아주 힘들단다.

온달이도 *안중근
선생님처럼 독서 습관을
만들면 좋을텐데~.

* **안중근**: 대한제국의 독립 운동가. 죽음을 앞두고도 독서를 멈추지 않았다는 위대한 영웅이자 독서가.

비슷한 속담

제 버릇 개 줄까

버릇은 개도 줄 수 없다는 말로,
나쁜 버릇은 쉽게 고쳐지지 않는다는 말이에요.

소 잃고 외양간 고친다

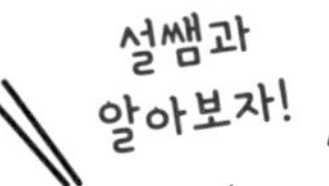

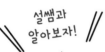

무슨 뜻일까요?

겉뜻 소를 잃어버리고 나서야 뒤늦게 허물어진 외양간을 고친다는 말이에요.

일이 잘못된 뒤에는 후회하고 손을 써도 소용이 없다는 뜻이에요. 소를 잃어버리지 않게 미리 외양간을 잘 고쳐 두어야지 소를 도둑맞은 후에는 아무리 외양간을 고친다고 하여도 잃어버린 소가 돌아오지 않으니까요.

외양간은 농가에서 소나 말을 기르는 곳이에요.

외양간

헤드폰 오래 끼고 있으면 귀 나빠져.

쓱-

엇, 괜찮아. 나 건강해.

소 잃고 외양간 고치면 무슨 소용이야? 미리미리 조심해야지!

비슷한 속담

호미로 막을 것을 가래로 막는다

작은 호미로 해결할 수 있는 일인데 쓸데없이
큰 농기구인 가래로 해결하려는 경우를 이르는 말이에요.

열 길 물속은 알아도 한 길 사람 속은 모른다

설쌤과 알아보자!

무슨 뜻일까요?

겉뜻 깊은 물속은 무엇이 들었는지 알 수 있지만 사람의 마음은 어떤지 알기 어려워요.

아주 깊고 깊은 바다라 하여도 그 안이 어떠한지 알고자 하면 어떤 물고기가 사는지, 어떤 풀이 있는지 등 많은 것을 알아낼 수 있어요. 하지만 사람의 생각이나 속마음은 절대로 쉽게 알 수 없지요.

길은 길이의 단위예요.
한 길은 약 2.4미터~3미터를 의미해요.

착하고 성실한 사람인 줄 알았는데, 사기꾼이었다니!

그러게, 열 길 물속은 알아도 한 길 사람 속은 모른다잖아~!

비슷한 속담

낯은 알아도 마음은 모른다

얼굴만 보아서는 사람의 마음속을 알 수 없다는 말이에요.

우물을 파도 한 우물을 파라

무슨 뜻일까요?

겉뜻 **물이 필요하여 우물을 파야 할 때는 하나의 우물만을 집중해서 파야 해요.**

일을 너무 벌여 놓거나 하던 일을 자주 바꾸어 하면 좋은 성과를 내기 어려워요. 어떠한 일이든 한 가지 일을 끝까지 하여야 성공할 수 있다는 말이에요.

우물은 옛날 사람들이 땅을 깊게 파서 물을 퍼낼 수 있게 만든 시설이에요.

우물

어엇…, 그래도 역사 시험은 잘 봤구나.

우물을 파도 한 우물을 파야 한대요.

저는 역사에만 집중했죠~.

비슷한 고사성어

일편단심 一片丹心

변하지 않는 참된 마음을 이르는 말이에요.
변하지 않는 끈기, 충성심, 사랑 등을 표현할 때 사용해요.

웃는 낯에 침 뱉으랴

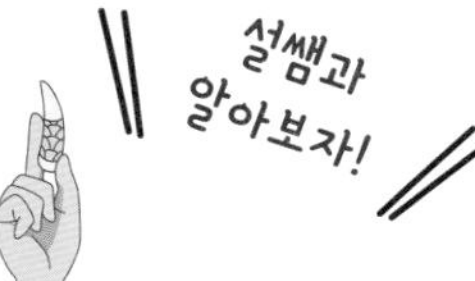

무슨 뜻일까요?

겉 뜻 밝게 웃으며 대하는 사람에게는 침을 뱉을 수 없어요.

밝은 얼굴로 다가오며 좋게 대하는 사람에게는 나쁘게 대할 수 없다는 말이에요. 오늘 아침 엄마에게 괜히 화를 내고 왔나요? 그렇다면 하교 후에 엄마에게 웃으면서 다가가 보세요. 아마 엄마의 화가 스르르 풀릴 거예요.

낯은 우리의 눈, 코, 입 등이 있는 얼굴을 말해요.

하핫,
*정약용 선생님,
죄송해요.
저희 때문에
화성 공사장이
엉망이 됐네요.

웃는 낯에
침 뱉을 수도
없고….

괜찮다.
*거중기를 이용하면
금방 복구할 수
있겠지.

*정약용: 조선 시대 실학자.

*거중기: 도르래의 원리를 이용해 작은 힘으로 무거운 물건을 들어 올리는 기계. 수원화성을 쌓는 데 이용됨.

비슷한 속담

웃는 집에 복이 있다

집안이 화목하여 웃음소리가 끊이지 않는 집에는 행복이 찾아들게 마련이라는 말이에요.

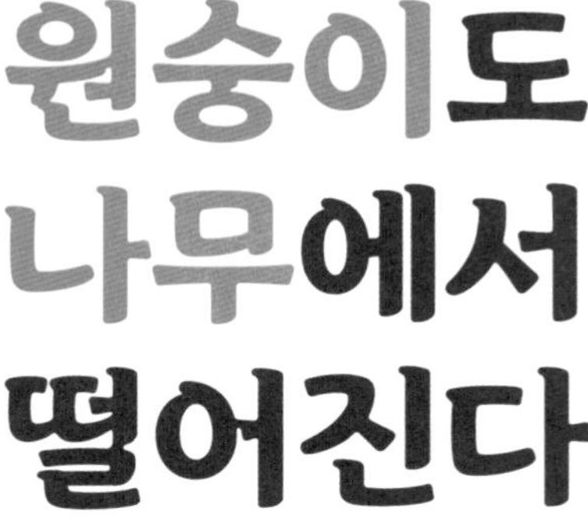

원숭이도 나무에서 떨어진다

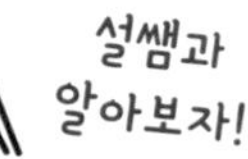

무슨 뜻일까요?

겉뜻 원숭이는 나무를 잘 타는 동물로 알려져 있지요. 하지만 그런 원숭이도 가끔은 나무에서 떨어질 수 있어요.

아무리 익숙하고 잘하는 일이어도 실수할 수 있다는 뜻이에요. 무슨 일이든지 항상 잘해낼 수는 없어요. 그러니 가끔은 실수하더라도 너무 속상해 말고 이겨내 보아요.

원숭이는 나무를 탈 때 꼬리로 균형을 잡아요.

원숭이

로빈,
왜 그래?

냄새를
놓쳤나?

끄응~

괜찮아, 로빈!
원숭이도 나무에서
떨어진대.

비슷한 속담

닭도 홰에서 떨어지는 날이 있다

홰는 닭장 속에 닭이 올라앉게 가로질러 놓은 나무 막대예요.
매일 홰를 오르내리는 닭도 홰에서 떨어지기도 해요.
익숙하고 잘하는 일도 실수할 수 있다는 말이에요.

윗물이 맑아야 아랫물이 맑다

무슨 뜻일까요?

겉뜻 **물은 높은 곳에서 낮은 곳으로 흘러가요. 그래서 위에서 맑은 물이 흘러 내려오면 아랫물도 맑고, 탁한 물이 흘러 내려오면 아랫물도 탁해져요.**

윗사람이 먼저 바르게 행동하면 아랫사람도 윗사람을 본받아서 똑같이 바르게 행동한다는 뜻이에요. 부모님이 좋은 일로 모범을 보이면 이를 보고 자란 아이들도 부모님처럼 바른 행동을 하는 것처럼 말이에요.

윗물은 상류에서 흐르는 물 또는 높은 직급을 의미해요.
마찬가지로, 아랫물은 하류에서 흐르는 물 또는
낮은 직급을 의미해요.

권투 장갑, 망치, 고무신 찾아라!

뿌웨!

어린 아이가
할아버지를
꼭 닮았네.

뿌웨!

어휴…
윗물이 맑아야
아랫물이 맑지.

비슷한 속담

정수리에 부은 물이 발뒤꿈치까지 흐른다

머리위에서 물을 부으면 발까지 물이 흘러내리듯,
윗사람이 한 일은 아랫사람에게 영향을 준다는 뜻이에요.

일찍 일어나는 새가 벌레를 잡는다

설쌤과 알아보자!

무슨 뜻일까요?

겉뜻 다른 새보다 일찍 일어나야 더 통통하고 맛있는 벌레를 잡아먹을 수 있어요.

부지런히 노력하는 사람이 그만큼 더 많은 기회와 이익을 얻을 수 있다는 뜻이에요. 원하는 무엇인가를 얻기 위해서는 피곤하더라도 조금 더 부지런히 노력해야 해요.

벌레는 곤충을 비롯하여 기생충 같은 하등 동물을 통틀어 이르는 말이에요. 어떤 일에 열중하는 사람을 비유하는 데에도 쓰여요.

*허준 선생님, 약초 캐러 이렇게 아침 일찍 가야 해요?

하얌...

늦어지면 약초꾼들이 몰려온단다.

일찍 일어나는 새가 벌레를 잡는 법이니 부지런히 움직여야 해.

*허준: 조선 시대의 의학자(의사)로, 의학서 <동의보감>의 저자.

비슷한 속담

구르는 돌은 이끼가 안 낀다

이끼는 습기가 많고 그늘진 바위에서 잘 자라서,
가만히 있지 않고 굴러가는 돌에는 자랄 수 없어요.
부지런히 노력하는 사람은 계속 발전한다는 말이에요.

천 리 길도 한 걸음부터

무슨 뜻일까요?

겉뜻 천 리와 같이 매우 먼 길을 가려고 하여도 한 걸음부터 내디뎌야 완주할 수 있다는 말이에요.

아무리 큰일이라 하더라도 그 일의 시작이 중요하다는 뜻이에요. 여러분이 꿈꾸는 목표를 향해 가려면 먼저 시작을 해야겠지요? 지금 내게는 멀게 보이는 꿈일지라도 일단 시작해 보세요. 그래야 꿈을 이룰 수 있으니까요.

1리는 약 0.393Km를 말해요. 천 리는 약 393Km나 되지요. 자동차가 없었던 옛날에 천 리 길은 아주 먼 거리를 이르는 말이었어요.

으악, 못 하겠어!
만들기 숙제는
하기 싫다고!!

내가 도와 줄테니
시작해 보자.

천 리 길도
한 걸음부터
라고 하잖아~.

비슷한 고사성어

등고자비 登高自卑

높은 곳에 오르기 위해서 낮은 곳에서부터 시작한다는 뜻으로,
모든 일은 순서대로 하여야 함을 이르는 말이에요.

콩 심은 데 콩 나고 팥 심은 데 팥 난다

무슨 뜻일까요?

겉뜻 밭에 콩을 심었는데 쌀이 자랄 수 없겠죠. 콩을 심으면 콩이 자라나고 팥을 심으면 팥이 자란다는 뜻이에요.

모든 일은 원인에 맞는 결과가 나타난다는 뜻이에요. 운동을 꾸준히 하면 몸이 건강해지고, 공부를 열심히 하면 성적이 오르듯 어떤 일이든 행동에 따른 결과는 나타나게 되어 있어요.

팥은 팥죽, 팥빵, 팥빙수 등 다양하게 사용되는 식재료예요.

저더러 *단군왕검이 되라고요?

그래.

좋은 심성과 행동이 좋은 결과를 불러왔구나.
역시 콩 심은 데 콩 나고 팥 심은 데 팥 나는 법이지.

*단군왕검: 고조선 시대에 하늘에 제사를 지내고 백성을 다스린 임금.

비슷한 고사성어

사필귀정 事必歸正

모든 일은 반드시 바른 길로 돌아간다는 뜻이에요.

하늘이 무너져도 솟아날 구멍이 있다

무슨 뜻일까요?

겉뜻 하늘이 무너지는 어려운 상황이라 하더라도 빠져나갈 구멍은 있다는 말이에요.

몹시 어려운 경우에도 헤쳐 나갈 길은 있다는 뜻이에요. 그러니까 바로 해결할 수 없을 것 같은 어려운 문제가 생기더라도 절대 포기하거나 속상해 하지 말고 해결할 방법을 찾아나가야 해요.

구멍은 일반적으로 뚫어지거나 파낸 자리를 말하지만, 이 속담처럼 어려움을 헤쳐 나갈 길을 의미하기도 해요.

설쌤, 이제
어떻게 하죠?
이렇게 깊은 구덩이에
빠지다니….

진정해.
하늘이 무너져도
솟아날 구멍이 있단다.
방법을 찾아 보자.

비슷한 속담

죽을 수가 닥치면 살 수가 생긴다

죽을 고비와 같은 어려운 처지에 빠지더라도
살아 나갈 방도가 생긴다는 말이에요.

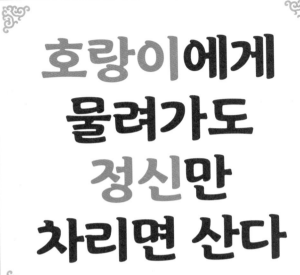

호랑이에게 물려가도 정신만 차리면 산다

무슨 뜻일까요?

겉뜻 무서운 호랑이에게 물려갔다면 죽을 고비와 다름없겠지만 정신을 똑바로 차리고 빠져나갈 방법을 생각하면 살아남을 수 있어요.

아무리 다급한 상태라고 해도 정신만 똑똑히 차리고 있으면 위기를 모면할 수 있다는 뜻이에요. 큰일이 닥칠수록 침착하게 상황을 살펴야 해요. 그러면 위기를 벗어날 방법이 떠오를 거예요.

호랑이는 검은 가로줄무늬가 있는 강한 턱과 긴 송곳니를 가진 동물이에요.

호랑이

*김유신 장군님, 죄송합니다. 반란군의 소굴인 줄도 모르고….

호랑이에게 물려가도 정신만 차리면 산다.

모두 쓰러뜨리자!

*김유신: 신라의 무신으로, 삼국 통일 전쟁을 주도한 장군.

비슷한 속담

물에 빠져도 정신을 차려야 산다

물에 빠진 것과 같은 어려운 상황에서도
정신을 똑바로 차리고 살 방법을 찾아야 해요.

속담 짝 맞추기

속담이 적힌 족자가 찢어졌어요. 속담을 잘 읽고, 짝이 맞는 족자를 찾아 선으로 이어요.

공든 탑이

무너지랴

12쪽

비 온 뒤에

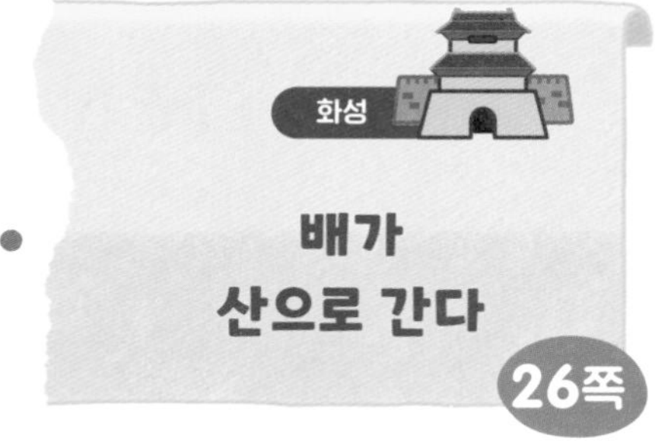

배가 산으로 간다

26쪽

사공이 많으면

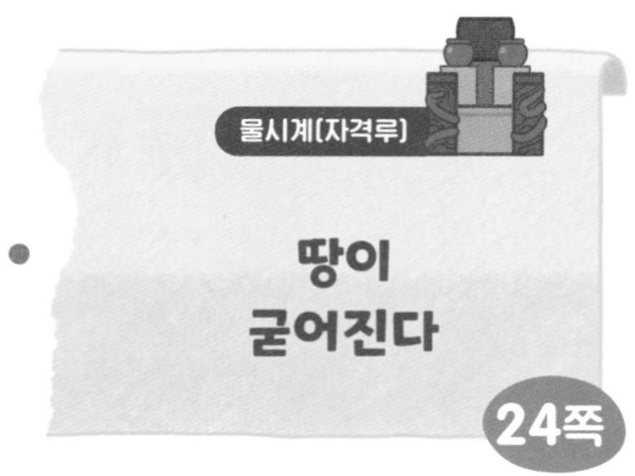

땅이 굳어진다

24쪽

세 살 버릇

정신만
차리면 산다

50쪽

호랑이에게
물려가도

한 우물을
파라

34쪽

우물을 파도

여든까지
간다

28쪽

가는 날이 장날
속담
고래 싸움에 새우 등 터진다
속담
도둑이 제 발 저리다
속담
배보다 배꼽이 더 크다
속담
언 발에 오줌 누기
속담

2 장
온달이 알려 주는
재치가 넘치는 속담

가는 날이 장날

무슨 뜻일까요?

겉뜻 일을 보러 나갔는데 마침 그 날이 장이 서는 날이었다는 뜻이에요.

어떤 일을 하려고 하는데 뜻하지 않은 일을 일어남을 비유적으로 이르는 말이에요. 예상하지 못한 좋은 일이 생기거나 반대로 힘든 일이 생긴 경우에 사용해요.

많은 사람이 모여서 다양한 물건을 사고파는 곳을 장이라고 해요. 그리고 그런 장이 서는 날을 장날이라고 하지요.

꼼짝 마!

왜, 왜군?

하필이면…
가는 날이
장날이라더니!

비슷한 속담

아닌 밤중에 홍두깨

홍두깨는 옷을 두드려 부드럽게 만들 때 쓰는, 나무로 만든 도구예요. 한밤중에 갑자기 홍두깨를 들이미는 것처럼, 예상하지 못한 엉뚱한 말이나 행동을 이르는 말이에요.

간에 붙었다 쓸개에 붙었다 한다

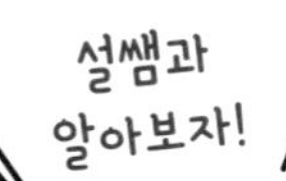

무슨 뜻일까요?

겉뜻 자신의 소신과는 상관없이 이익에 따라 어느 날은 간에, 어느 날엔 쓸개에 붙는 것을 말해요.

자기에게 조금이라도 이익이 되면 망설임 없이 이쪽 편에 붙었다 저쪽 편에 붙었다 한다는 뜻이에요. 평소에 자신이 생각하는 줏대를 지키지 못하고 이익이나 상황에 따라 이리저리 말과 행동을 바꾸는 사람을 가리킬 때 쓰는 말이에요.

간은 소화를 돕는 액체인 쓸개즙을 만들고, 쓸개는 그 쓸개즙을 저장해요.

어이구, 로빈은 내가 제일 좋구나!

부비

부비…

어제 내가 고구마 줄 때는 나만 따라다녔잖아!

간에 붙었다 쓸개에 붙었다 하네?

비슷한 고사성어

감탄고토 甘呑苦吐

달면 삼키고 쓰면 뱉는다는 뜻이에요. 자신의 기준으로 옳고 그름을 판단하여 거짓이어도 입맛에 맞으면 받아들이고, 진실이어도 입맛에 맞지 않으면 받아들이지 않는 것을 의미해요.

개천에서 용 난다

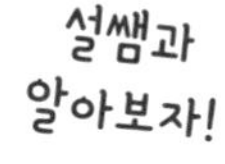

무슨 뜻일까요?

겉뜻 **졸졸졸 흐르는 작은 물줄기인 개천에서 물고기도 아니고 커다란 용이 태어난다는 뜻이에요.**

어려운 환경이나 변변하지 못한 집안에서 훌륭한 인물이 나왔다는 말이에요. 어려운 상황에서도 엄청난 업적을 이룰 수 있어요.

용은 신화나 전설에 등장하는 상상 속 동물이에요. 뱀과 비슷한 몸에 새 같은 다리, 사슴의 뿔과 물고기의 비늘이 있어요.

용

*장영실 선생님은 수차를 개발해 가뭄을 해결하셨지요?

그랬소. 동래현의 관노비 시절이었지.

관노비가 이렇게 대호군까지 되었으니 **개천에서 용 난** 셈이지요.

*장영실: 노비였지만 뛰어난 재능으로 높은 벼슬에 오른 조선의 과학기술자.

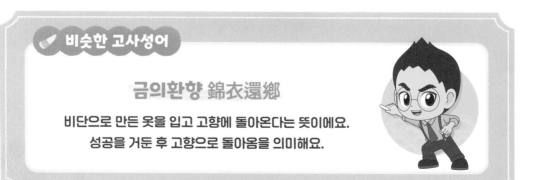

비슷한 고사성어

금의환향 錦衣還鄕

비단으로 만든 옷을 입고 고향에 돌아온다는 뜻이에요.
성공을 거둔 후 고향으로 돌아옴을 의미해요.

고래 싸움에 새우 등 터진다

무슨 뜻일까요?

겉뜻 고래는 크고 힘이 세지만 새우는 작고 약하지요. 고래가 싸우는 데 그 사이에 새우가 끼어 있으면 큰 피해를 입게 될 거예요.

강하고 힘센 자들이 싸우는 틈바구니에서 아무런 관계도 없는 약한 자가 중간에서 괜히 피해를 보게 되는 상황을 일컫는 말이에요.

고래는 포유류 중에 가장 몸집이 큰 동물이에요.

고래

어떻게 갑자기 다른 애랑 밥 먹으러 간다고 할 수 있어?

떡볶이 사 준다고 했단 말이야~!

왈 왈

싸우지 마.

로빈, 이리 와! 고래 싸움에 새우 등 터질라.

비슷한 속담

독 틈에 탕관

큰 항아리인 독 사이에 약을 달이는 자그마한 그릇인 탕관이 끼어 있는 상황이에요. 즉, 약자가 강자들 사이에 끼어서 곤란함을 비유적으로 이르는 말이에요.

금강산도 식후경

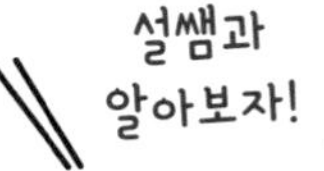

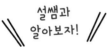

무슨 뜻일까요?

겉뜻 금강산처럼 멋진 풍경도 밥을 잘 먹은 후에 보아야 제대로 멋진 풍경을 즐길 수 있어요.

아무리 재미있는 일이라도 배가 부르고 난 뒤에야 흥이 난다는 것을 이르는 말이에요. 즐겁고 행복한 일도 너무 배가 고프면 얼마나 멋진지 눈에 들어오지 않으니까요.

금강산은 강원도 북부에 있는, 경치가 매우 아름다운 산이에요.

킁킁,
맛있는 냄새가 나요!
우리 밥 먹고 가요.

그래. 금강산도
식후경이지.

비슷한 속담

나룻이 석 자라도 먹어야 샌님

제아무리 점잖은 체하며 체면을 차리는 선비라도
배가 고프면 아무 일도 못한다는 말이에요.

낫 놓고 기역 자도 모른다

무슨 뜻일까요?

겉 뜻 **낫은 풀을 벨 때 쓰는 농기구로, 기역 자처럼 생겼어요. 기역 자 모양을 보면서도 기역 자를 모른다는 뜻이에요.**

혹시나 기역 자가 기억이 나지 않는다고 해도 바로 옆에 기역 자와 비슷한 모양의 낫이 있다면 바로 알아차릴 수가 있겠죠. 기역 자로 생긴 낫을 보고도 기역 자인지 모를 만큼 아주 무식함을 이르는 말이에요.

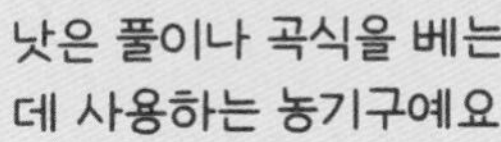
낫은 풀이나 곡식을 베는 데 사용하는 농기구예요.

브로콜리, 버섯, 펜 찾아라!

자, 인심 썼다! 제일 맛있는 닭다리~.

으휴, 양은 초식동물이야.

주변이 온통 목초지이건만…

낫 놓고 기역 자도 모르는구나.

비슷한 고사성어

각주구검 刻舟求劍

배에 타고 있던 자가 강물에 칼을 빠뜨렸는데, 그 위치를 배에 표시해 두었다가 칼을 찾으려 했다는 이야기에서 만들어졌어요. 어리석고 미련함을 이르는 말이에요.

내 코가 석 자

무슨 뜻일까요?

겉뜻 석 자는 90센티미터예요. 코에서 콧물이 약 90센티미터나 나온 상황을 말해요.

자신의 일이 급하고 막막한 처지라서 다른 사람의 고통이나 슬픔을 도와줄 여유가 없을 때 쓰는 말이에요. 나도 숙제를 하나도 못했는데 친구가 자기 숙제를 좀 도와달라고 할 때 '지금 내 코가 석 자야!'라고 말을 하는 거지요.

석은 '셋'을 나타내는 수이고, 자는 길이를 나타내는 단위예요. 석 자는 약 90센티미터 정도 되지요.

아저씨,
제가 급해서 그러는데
먼저 들어가면
안 될까요?

미안하지만
내 코가 석자여.

비슷한 고사성어

오비삼척 吾鼻三尺

'내 코가 석자'라는 뜻으로,
속담과 동일한 의미를 가진 고사성어예요.

다람쥐 쳇바퀴 돌 듯 한다

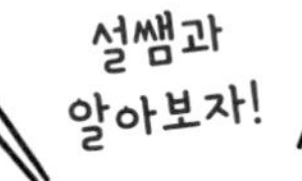

무슨 뜻일까요?

겉뜻 다람쥐가 최선을 다해 달려서 쳇바퀴를 돌려도 계속 같은 자리지요.

다람쥐가 열심히 쳇바퀴를 돌려도 항상 같은 자리에 있는 것처럼, 어떤 일을 하는 데 있어서 발전하지 못하고 똑같은 일만 되풀이한다는 뜻이에요.

쳇바퀴는 다람쥐, 햄스터 등을 위한, 빙글빙글 돌아가는 기구예요.

쳇바퀴

일찍 오네?
학원에 안 갔어?

학원 안 다닐래.
매일 가 봤자
다람쥐 쳇바퀴 돌 듯
성적은 똑같아~.

다람쥐 쳇바퀴 돌 듯
꾸준히 다녀는 봤니?

비슷한 속담

돌다 보아도 마름

마름은 연못의 물위에 떠 있는 식물이에요.
마름이 아무리 물위를 떠돌아도 마름이라는 뜻으로,
별다른 발전 없이 같은 일을 되풀이한다는 말이에요.

달걀로 바위 치기

무슨 뜻일까요?

겉뜻 달걀로 바위를 친다 하여도 바위가 깨지기는커녕 상처하나 입지 않아요.

아무리 맞서 싸워도 이길 수 없는 경우를 비유적으로 이르는 말이에요. 예를 들어 태권도와 유도 그리고 합기도까지 다 딴 유단자를 상대로 싸우면 이길 수 있을까요? 이렇게 도저히 이길 수 없어 보이는 상황을 일컬을 때 쓰는 말이에요.

바위는 부피가 큰 돌이에요. 강인하고 쉽게 흔들리지 않는 사람을 바위에 빗대서 표현하기도 해요.

온달아,
너도 우리가
질 것 같으냐?

글쎄요.
*이순신 장군님은
천하무적이지만…

고작 13척의 배로
왜군 수백 척을 상대하는 건
달걀로 바위 치기 같아요.

* 이순신: 조선 시대의 무신. 명량대첩에서 13척의 배로 133척의 왜군을 물리침.

비슷한 속담

잔디밭에서 바늘 찾기

넓은 잔디밭에서 작은 바늘을 찾기 어려워요. 무엇을 찾기 매우 어려운 경우나, 아무리 애써도 해낼 수 없는 경우에 쓰는 말이에요.

닭 쫓던 개 지붕 쳐다본다

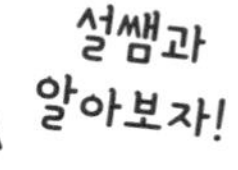

무슨 뜻일까요?

겉뜻 개에게 쫓기던 닭이 파드득 지붕 위로 날아올라서 따라오던 개가 바라보고 있는 상황을 말해요.

닭은 날개가 있지만 개는 날개가 없지요. 닭을 쫓고 싶어도 지붕으로 오르면 어쩔 수 없듯이, 애쓰던 일이 실패로 돌아가거나 남보다 뒤떨어져 어쩔 수 없게 되었다는 뜻이에요.

지붕은 집의 맨 꼭대기 부분을 덮어씌우는 덮개를 말해요.

화살, 구둣주걱, 마녀 모자 찾아라!

엑스맨,
당장 내려 와!!

하하하하!
닭 쫓던 개
지붕 쳐다보는
꼴이구나!

비슷한 고사성어

속수무책 束手無策

손이 묶여 어찌할 방법이 없다는 뜻이에요.
즉, 아무런 방법이 없어 꼼짝 못하는 상황을 이르는 말이에요.

도둑이 제 발 저리다

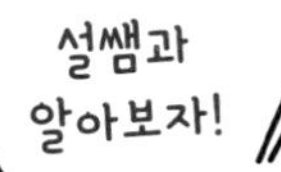

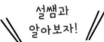

무슨 뜻일까요?

겉뜻 **도둑이 자기 잘못이 들킬까 봐 무서워서 가만히 있어도 발이 저릿저릿하다는 뜻이에요.**

잘못이 있거나 죄를 지으면 자연히 마음이 조마조마하다는 말이에요. 잘못한 일이 있을 때 솔직히 말하지 않고 꾹 숨기고 있으면, 들킬까봐 두려워서 결국 표정이나 행동에서 드러나게 되지요.

'저리다'는 뼈마디나 몸의 일부가 오래 눌려서 피가 잘 통하지 못하여 감각이 둔하고 아린 상태를 말해요.

아, 앉아 계세요.
마실 것도 좀
가져 올게요.

치킨 심부름에
준비까지~?
고맙다, 온달아~.

ㅋㅋㅋ

후다닥~

킥킥, 도둑이
제 발 저리나 봐요.

훗, 닭다리를
먼저 먹었나
본데요?

비슷한 고사성어

좌불안석 坐不安席

마음이 불안하거나 걱정스러워 가만히 있지 못하고
안절부절 걱정하는 모습을 이르는 말이에요.

물 밖에 난 고기

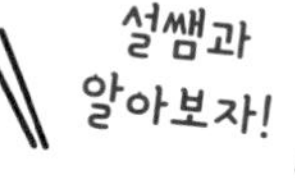

무슨 뜻일까요?

겉뜻 물에서 살아야 하는 물고기가 물 밖으로 건져진 상황이에요.

의지할 곳을 잃어 꼼짝할 수 없는 처지에 이르게 되었거나 자신의 능력을 펼칠 수 없도록 된 경우를 비유적으로 이르는 말이에요.

물고기는 바다에서 사는 바닷물고기(해수어)와 강이나 호수 등 민물에 사는 민물고기(담수어)로 나눌 수 있어요.

우습구나. 후백제를 건국한 나 *견훤이 아들에게 왕위를 빼앗길 줄이야.

금산사에 갇혀 꼼짝 못하는 신세가 물 밖에 난 고기와 다름 없구나.

* **견훤**: 후백제의 초대 왕. 큰아들 신검의 반역으로 불당에 갇힘.

비슷한 고사성어

위기일발 危機一髮

머리털 하나에 매달려 있어 곧 떨어질 것 같은 상황이에요.
즉, 여유가 조금도 없이 매우 위태로운 순간을 표현하는 말이에요.

배보다 배꼽이 더 크다

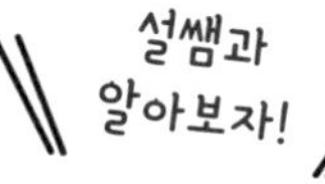

무슨 뜻일까요?

겉뜻 **배의 가운데 있는 흔적인 배꼽은 당연히 배보다 작겠지요. 그런데 당연히 작아야 할 배꼽이 배보다 더 크다는 말이에요.**

기본이 되는 것보다 덧붙이는 것이 더 많거나 크다는 말이에요. 밥을 먹는 데 쓴 돈보다 후식을 먹는 데 쓴 돈이 더 많은 경우 쓸 수 있어요.

배꼽은 아기가 엄마 배 속에 있을 때 연결되어 있던 탯줄이 떨어지면서 생긴 자리예요. 주로 배의 한가운데에 조그맣게 있지요.

응?
두부가 없네.
어쩌지?

심부름비
삼천 원만
주시면 제가
사 올게요!

후훗,
배보다 배꼽이 큰,
깜찍한 협상이네.

비슷한 고사성어

주객전도 主客顚倒

주인과 손님이 뒤바뀌었다는 말이에요. 중요한 것과 중요하지 않은 것, 급한 일과 급하지 않은 일, 앞뒤의 차례 등이 뒤바뀐 경우를 비유하는 말이에요.

병 주고 약 준다

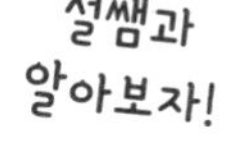

무슨 뜻일까요?

겉뜻 남의 마음이나 몸을 아프게 한 사람이 약을 주며 도와준다는 뜻이에요.

해를 입힌 뒤에 도와주는 척 하는 행동을 말해요. 피해를 준 다음에 도움을 주는 척 하는 겉과 속이 다른 사람을 볼 때 쓰지요. 친구를 밀어서 다치게 하고는 약을 발라주는 행동을 하는 모습을 볼 때 쓸 수 있는 말이에요.

약이란 병이나 상처 등을 치료하기 위해 쓰는 물질을 말해요. 몸이나 마음에 이로운 것을 비유적으로 말할 때도 쓰여요.

온달아, 미안해.

흥, 구박할 땐 언제고, 병 주고 약 주니?

내가 이런 거에 넘어갈 줄 알아?

온달이가 내 빵 먹은 줄 알고…, 로빈이가 그런 줄 몰랐어.

비슷한 고사성어

구밀복검 口蜜腹劍

입에는 꿀을 바르고, 뱃속에는 칼을 품고 있다는 뜻이에요.
겉으로는 친절하지만 속으로는 해칠 생각이 있음을
비유하여 이르는 말이에요.

빈 수레가 요란하다

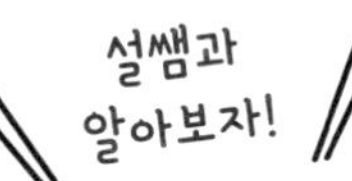

무슨 뜻일까요?

겉뜻 아무것도 담겨 있지 않은 수레는 움직일 때마다 덜컹덜컹 요란한 소리가 들리고, 물건을 가득 담은 수레는 짐의 무게 때문에 소리가 크지 않아요.

아는 것이 없거나 실속이 그다지 없는 사람이 겉으로는 더 아는 척을 하며 시끄럽게 떠든다는 것을 비유적으로 이르는 말이에요.

수레는 바퀴가 달린 나무로 만든 운송수단이에요.

수레

오늘은
이만 물러나지만
다음엔 절대 가만두지
않겠다!
흥, 빈 수레가
요란하다지?
도망가는
주제에 큰 소리는!

비슷한 속담

짖는 개는 물지 않는다

요란하게 짖는 개일수록 막상 물지는 못한다는 말이에요.
겉으로는 이런저런 이야기를 떠들어 대는 사람이
도리어 실속이 없다는 것을 의미해요.

빛 좋은 개살구

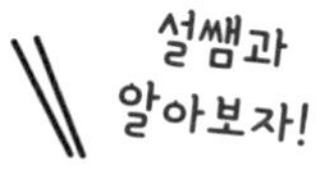

무슨 뜻일까요?

겉뜻 개살구는 살구와 비슷하게 생긴 과일로, 먹음직스러워 보이지만 실제로 먹어보면 맛이 시고 떫어요.

겉보기에는 그럴듯해 보여도 알맹이는 별 볼일 없는 경우를 비유적으로 이르는 말이에요. 우리는 외모만 보고 그 사람의 속마음도 좋을 거라고 섣부르게 판단하기도 하지요. 하지만 겉모습이 훌륭하다고 해서 속모습도 훌륭한 건 아니란 사실을 기억해야 해요.

개살구는 살구와 비슷하지만 시고 떫은 과일이에요.

*김홍도 선생님,
이 붓 좋아 보이죠?
자개로 만든
붓 통도 준대요.

좋아 보이지만
빛 좋은 개살구란다.
금방 갈라지더구나.

겉모습에 넘어간
*화공이 꽤 있지.

*김홍도: 서민들의 생활상을 그린 풍속화로 유명한 조선 후기의 화가.
*화공: 예전에 화가를 이르던 말.

비슷한 속담

소문난 잔치에 먹을 것 없다

떠들썩한 소문이나 큰 기대에 비해 실속이 없거나 소문이 실제와 다른 경우를 이르는 말이에요.

어물전 망신은 꼴뚜기가 시킨다

무슨 뜻일까요?

겉뜻 **어물전은 생선 가게를 말해요. 볼품없어 보이는 꼴뚜기가 생선 가게 전체를 망신시킨다는 뜻이에요.**

꼴뚜기는 생김새가 볼품없어서 예로부터 별 볼 일 없고 가치가 낮은 것에 비유하여 썼어요. 어리석은 사람 한 명이 주변의 다른 사람들까지 망신시킨다는 뜻이에요.

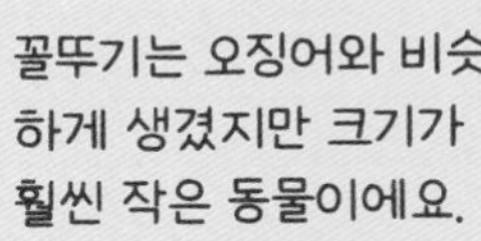

꼴뚜기는 오징어와 비슷하게 생겼지만 크기가 훨씬 작은 동물이에요.

꼴뚜기

온달아, 담벼락에 낙서를 하면 어떡하니!

어물전 망신은 꼴뚜기가 시킨다더니 창피해서 못 살아!

어, 엄마…

비슷한 속담

미꾸라지 한 마리가 온 웅덩이를 흐려 놓는다

미꾸라지 한 마리가 흙탕물을 일으켜서 웅덩이의 물을 온통 다 흐리게 한다는 말이에요. 즉, 한 사람의 좋지 않은 행동이 여러 사람에게 나쁜 영향을 미치는 것을 의미해요.

언 발에 오줌 누기

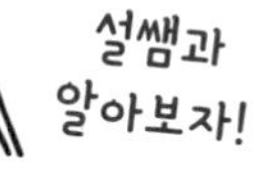

무슨 뜻일까요?

겉뜻 꽁꽁 언 발을 녹이기 위해서 발등에 오줌을 잠깐 누어 봤자 별 효과가 없어요.

문제를 급하게 대충 해결하면 잠깐은 괜찮을 수 있지만 그 효과가 오래가지 않고 오히려 상황이 나빠질 수 있다는 것을 비유적으로 이르는 말이에요. 눈앞의 이익에만 급급해서 나중 일을 생각하지 못하면 안 되겠죠.

'얼다'는 추위 때문에 신체가 뻣뻣해지고 아주 차가워지는 것을 말해요. 매우 긴장하여 당황한 모습을 표현할 때도 쓰여요.

헉, 어떡하지?
내가 깨뜨렸어!

테이프로
살짝 붙일까?

장 박사님께
사실대로 말하고
해결하자.

그런 언 발에
오줌 누기로는
해결 안 돼.

비슷한 고사성어

소탐대실 小貪大失

작은 것을 탐내다가 큰 것을 잃는다는 말이에요. 즉, 눈앞의 작은 욕심을 채우려다 오히려 큰 손실을 입는 경우를 의미해요.

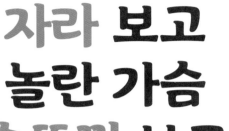

자라 보고 놀란 가슴 솥뚜껑 보고 놀란다

무슨 뜻일까요?

겉뜻 자라의 등껍질은 솥뚜껑과 비슷하게 생겼어요. 그래서 자라를 보고 깜짝 놀란 사람은 비슷하게 생긴 솥뚜껑만 봐도 놀랄 수 있어요.

어떤 사물에 몹시 놀란 사람은 비슷한 사물만 보아도 겁을 냄을 이르는 말이에요. 마치 벌에게 쏘여서 된통 혼쭐이 나본 적이 있는 사람은 어딘가에서 '윙윙', '붕붕'거리는 소리만 들어도 벌이 온 줄 알고 깜짝 놀라 움츠려드는 것처럼 말이에요.

솥은 밥을 지을 때 쓰는 쇠그릇이고, 솥뚜껑은 솥을 덮는 뚜껑이에요.

솥

앗, 깜짝이야!
귀신인 줄 알았잖아!
머리카락 풀어 헤치지 마.

으휴,
그럼 머리카락을
묶고 말리니?

자라 보고
놀란 가슴
솥뚜껑 보고
놀란다더니,

매일 귀신
나오는 만화
보니까 그렇지!

비슷한 속담

뭅시 데면 회도 불어 먹는다

뜨거운 국물을 먹을 때 입천장이 데이면 너무 아파서 고통스럽지요. 뜨거워서 데이고 나면 차가운 회까지 호호 불어 먹을 정도로 겁을 낸다는 뜻이에요.

작은 고추가 더 맵다

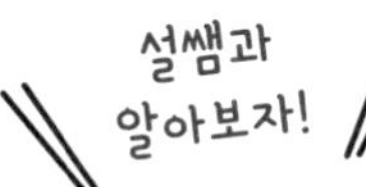

무슨 뜻일까요?

겉뜻 청양고추와 같은 크기가 작은 고추가 오이고추처럼 크기가 큰 고추보다 더 맵다는 뜻이에요.

몸집이 작은 사람이 큰 사람보다 재주가 뛰어나고 야무지다는 말이에요. 실제로 몸집이나 키가 작으면 왠지 힘도 없고 약할 것 같다는 편견이 있지요. 이 속담은 그런 편견을 깨고 몸집이 작아도 큰 사람보다 더욱 재주가 뛰어날 때 쓰여요.

고추는 길쭉한 모양의 매운 맛을 가진 채소예요.

고추

쪼끄만 녀석이 나를 이길 수…

헉!

이야~ 작은 고추가 더 맵구만!

작다고 무시하면 안 되지!

비슷한 속담

작아도 후추알

후추알은 아주 조금만 넣어도 매콤함이 올라오지요.
몸집이 작아 보여도 성질이 매우 단단하고 야무지다는 뜻이에요.

지렁이도 밟으면 꿈틀한다

무슨 뜻일까요?

겉뜻 작고 느리고 약해 보이는 지렁이도 밟으면 가만있지 않고 꿈틀꿈틀 움직인다는 뜻이에요.

아무리 순하고 좋은 사람이라도 업신여기면 가만히 있지 않고 맞대응한다는 말이에요. 늘 순해서 화낼 줄 모를 것 같은 사람에게 함부로 대하다가 정말 크게 혼쭐이 날 수 있어요.

지렁이는 가늘고 긴 몸을 꼬물꼬물 움직이는 동물이에요. 비가 온 다음 날이면 많이들 땅으로 올라와 있지요.

쯧쯧, 저 양반,
또 하인에게
*패악질이네.

퍽 퍽

지렁이도 밟으면 꿈틀하는데, 저러다
뭔 일 나지.

*패악질: 사람으로서 마땅히 하여야 할 도리에 어그러지고 흉악한 짓.

비슷한 속담

한 치 벌레에도 닷 푼 결기는 있다

벌레도 건드리면 화를 낼 수 있어요. 보잘 것 없어 보이는 사람도 심한 멸시를 당하면 대항한다는 말이에요.

한 귀로 듣고 한 귀로 흘린다

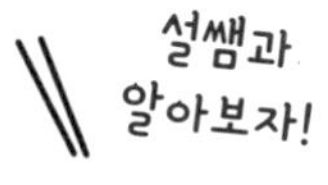

무슨 뜻일까요?

겉뜻 남이 하는 말을 한 쪽 귀로 듣고, 반대쪽 귀로 흘려보낸다는 뜻이에요.

남의 말을 귀담아듣지 않는 모습을 비유하여 이르는 말이에요. 자신의 말만 옳다고 믿는 친구에게 진심을 담아서 이야기를 해도 전혀 듣지 않을 때 활용할 수 있어요. 또는 누가 내 험담을 할 때 이에 의연하게 대처하는 모습에도 쓸 수 있지요.

귀는 사람이나 동물의 머리 양옆에 있는 듣는 역할을 하는 기관이에요. 귀가 양쪽에 있는 건 잘 듣기 위해서예요. 그러니 누군가 나를 위해서 하는 말은 귀 기울여 들을 필요가 있어요.

미천한 자가
살아남으려고
애쓰는구만.
쯧쯧, 그래 봤자
*장영실은
노비 출신이지요.
무슨 말을
저렇게…!
괜찮다. 저들의
말은 한 귀로 듣고
한 귀로 흘릴 정도로,
내게 중요치 않단다.

*장영실: 노비였지만 뛰어난 재능으로 높은 벼슬에 오른 조선의 과학기술자.

비슷한 고사성어

마이동풍 馬耳東風

동쪽에서 부는 바람이 말의 귀를 스쳐 간다는 뜻이에요.
다른 사람의 말을 귀담아듣지 않고 지나쳐 흘려버림을
비유하여 이르는 말이에요.

속담 사다리 타기

72쪽

달걀로
바위 치기

66쪽

낫 놓고
기역 자도
모른다

98쪽

한 귀로 듣고
한 귀로 흘린다

주객전도
主客顚倒

잔디밭에서
바늘 찾기

각주구검
刻舟求劍

사다리를 타고 내려가 속담과 비슷한 뜻을 가진 속담 또는 고사성어를 찾아 보세요.

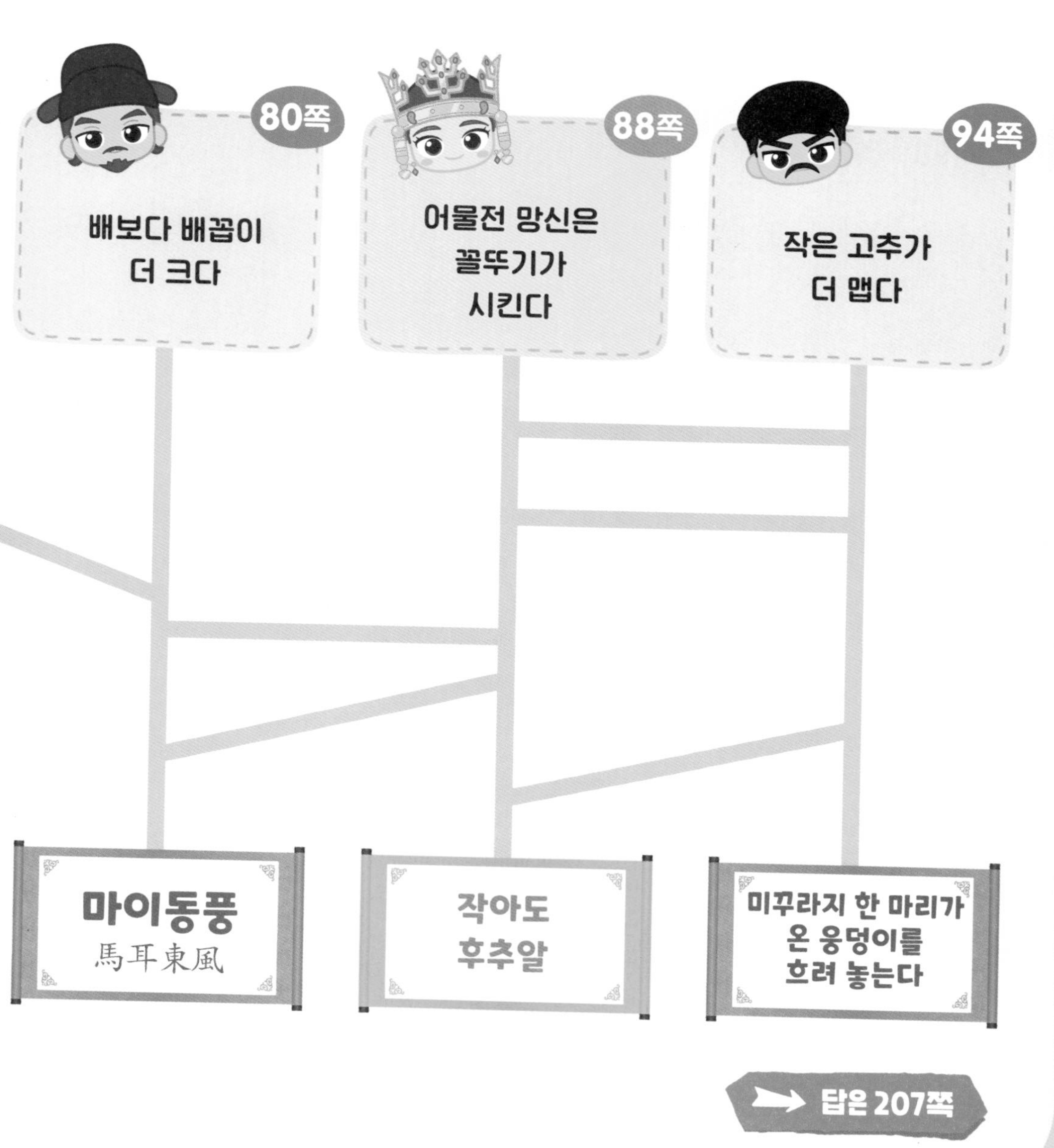

답은 207쪽

가랑비에
옷 젖는 줄
모른다
바늘
도둑이
소도둑 된다
굼벵이도
구르는
재주가 있다
아니 땐
굴뚝에
연기 날까
등잔 밑이
어둡다

3 장
평강이 알려 주는
지혜가 생기는 속담

가랑비에 옷 젖는 줄 모른다

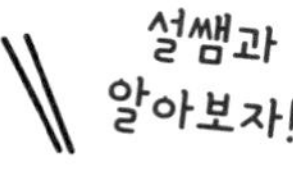

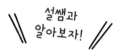

무슨 뜻일까요?

겉뜻 조금씩 가늘게 내리는 가랑비를 맞으면 옷이 서서히 젖기 때문에 얼마나 젖는지 몰라요.

아무리 가랑비라 해도 계속 맞으면 한참 후에는 옷이 흠뻑 젖게 돼요. 이렇게 사소한 일도 거듭되면 무시하지 못할 만큼 큰 피해를 입을 수 있다는 뜻이에요.

비는 내리는 모습에 따라 이슬비, 보슬비, 가랑비, 소나기, 장대비 등으로 불러요.
가랑비는 가늘게 내리는 비를 말해요.

온달아,
이 안 닦아?
사탕 먹었잖아.

괜찮아. 딱
한 개 먹었어.

가랑비에 옷 젖는 줄
모른다고 했어.
방심하다 이 상한다~.

비슷한 속담

숫돌이 저 닳는 줄 모른다

숫돌이 무엇을 갈 때 자기가 닳는 것은 깨닫지 못하지만 점차 닳아서 패게 된다는 뜻이에요. 조그마한 손해는 잘 느껴지지 않지만 그것이 쌓이면 무시할 수 없음을 비유적으로 이르는 말이에요.

가루는 칠수록 고와지고 말은 할수록 거칠어진다

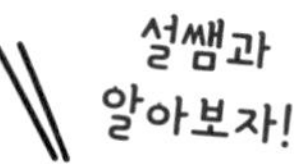

무슨 뜻일까요?

겉뜻 가루는 체에 치면 칠수록 고운 가루를 얻을 수 있지만, 화가 나서 말을 하면 할수록 점점 더 거친 말이 오가게 돼요.

이러쿵저러쿵 시비가 길어지면 말다툼이 될 수 있음을 이르는 말이에요. 화가 났을 때는 말을 감정적으로 많이 하지 않도록 조심해야 해요.

가루는 아주 잘게 갈리거나 부스러진 마른 것을 뜻해요. 밀가루나 쌀가루를 보면 원래의 모양은 알 수 없을 정도로 잘게 부수어져 있지요.

꽃 좋아한대서 가져온거다? 호박꽃인 줄은 몰랐네~.

그… 그래. 고마워.

자세히 봐봐. 정말 예쁘다니까? 다른 뜻은 없어.

그만해. 가루는 칠수록 고와지고 말은 할수록 거칠어진다고 했어.

비슷한 고사성어

설왕설래 說往說來

말이 가고 말이 온다는 뜻이에요. 옳고 그름을 따지느라 옥신각신하는 모습을 의미해요.

구더기 무서워 장 못 담글까

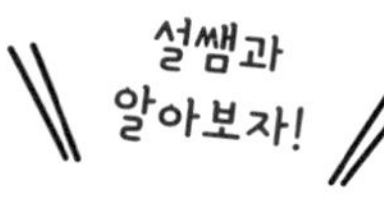

무슨 뜻일까요?

겉뜻 **고추장이나 된장을 담아 둔 항아리 뚜껑을 열어 보면 가끔 구더기가 생기기도 해요. 이렇게 구더기가 생기는 것이 무서워서 음식에 꼭 필요한 고추장이나 된장을 담그지 못하면 안 된다는 말이에요.**

목표한 것에 다소 방해되는 것이 있다 하더라도 마땅히 할 일은 해야 함을 이르는 말이에요. 구더기가 생겼더라도 구더기를 잡은 뒤 그 부분만 깨끗하게 걷어 내면 장을 먹을 수 있답니다.

구더기는 파리의 애벌레로, 시간이 지나면 번데기가 되었다가 파리가 돼요.

전하께서 만드신 *훈민정음은 후손에게 큰 유산이 되겠지만
분명 대신들의 반대 상소가 올라올 겁니다.
허허, 구더기 무서워 장 못 담글까.
무슨 일이 있더라도 백성들을 위해 문자를 꼭 반포할 것이오.

*훈민정음: 세종 대왕이 창제한 한글의 옛 이름이자 창제 원리를 해설해 놓은 책의 제목.

비슷한 속담

장마가 무서워 호박을 못 심겠다

매년 오는 장마가 무서워도 호박은 심어야 해요.
무슨 일이 생길까 걱정이 되어도 할 일은 해야 한다는 의미예요.

구슬이 서 말이라도 꿰어야 보배다

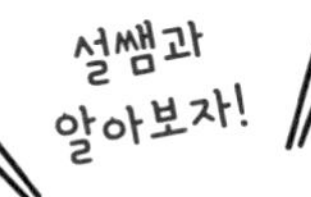

무슨 뜻일까요?

겉뜻 예쁜 구슬이 아무리 많이 있어도 잘 모아서 꿰지 않으면 아무 쓸모가 없어요.

아무리 훌륭하고 좋은 것이어도 쓸모 있게 만들어야 가치가 있다는 말이에요. 좋은 정보를 다 모아두었다 하더라도 활용하지 않으면 아무 의미가 없어요.

말은 곡식을 재는 단위로, 한 말은 곡식 18리터, 서 말은 54리터나 되는 양이에요. 보배는 아주 귀하고 소중한 사람이나 물건을 이르는 말이에요.

드디어 찾았다! 훈민정음의 모든 것이 담겨 있는 비밀 서책!

하하하하하 —

구슬이 서 말이라도 꿰어야 보배지.

한글 창제는 *세종 대왕이 했어도 내가 발표하면 내 업적이 될 거야.

* 세종 대왕: 훈민정음을 창제한 조선 시대의 왕.

비슷한 속담

가마 속의 콩도 삶아야 먹는다

가마솥 안에 있는 콩도 끓여서 삶아야 먹을 수 있어요.
다 된 것 같고 쉬운 일이라도, 힘을 들여 직접 해야
이익이 됨을 비유적으로 이르는 말이에요.

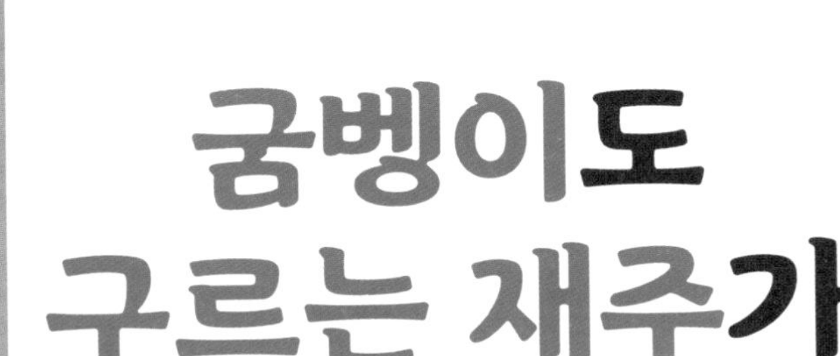

굼벵이도 구르는 재주가 있다

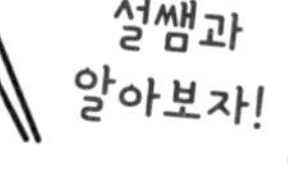

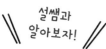

무슨 뜻일까요?

겉뜻 할 줄 아는 게 아무것도 없어 보이는 굼벵이도 데굴데굴 구르는 재주는 있어요.

아무리 능력이 부족해 보이는 사람도 적어도 한 가지의 재주는 있다는 뜻이에요. 사람마다 잘할 수 있는 건 모두 달라요. 그러니까 함부로 다른 사람을 얕봐선 안 돼요.

굼벵이는 매미, 풍뎅이 등의 애벌레예요. 동작이 매우 느려서 굼뜨고 느린 사람을 굼벵이로 비유하기도 해요.

으아아아앗!

잡았다!

이잇, 굼벵이도 구르는 재주가 있다더니 제법이구나!

비슷한 속담

우렁이도 두렁 넘을 꾀가 있다

우렁이가 밭두렁을 넘을 수 있듯이 어리석고 못난 사람이라도 반드시 한 가지의 재주는 있다는 말이에요.

되로 주고 말로 받는다

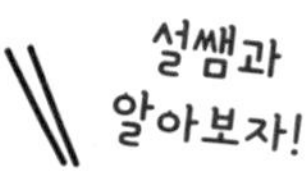

무슨 뜻일까요?

겉뜻 말은 되보다 열 배나 큰 통이에요. 그러니 조금 주고 그 대가로 열 배나 되는 대가를 받은 상황이에요.

조금 주고 더 많은 대가를 받는다는 말이에요. 남을 조금 건드렸다가 큰 되갚음을 당하는 상황 등 주로 나쁜 의미로 더 많이 써요.

되는 옛날에 곡식이나 물을 담아 양을 셀 때 쓰던 그릇이에요. 말은 되보다 열 배나 큰 통을 말해요.

우리 일본군이
속수무책으로
당하고 있다!

후퇴!!

후퇴하라!

*이순신을 괜히
건드렸다가 되로 주고
말로 받는구나!

*이순신: 조선 시대의 무신으로, 임진왜란 및 정유재란 당시 조선 수군을 지휘한 장군.

비슷한 속담

방망이로 맞고 홍두깨로 때린다

방망이는 어른 팔뚝 정도의 크기이고, 홍두깨는 방망이보다 큰 몽둥이를 말해요. 그러니 자기가 받은 것보다 더 심하게 앙갚음한다는 말이지요.

등잔 밑이 어둡다

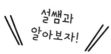

무슨 뜻일까요?

겉뜻 **등불은 방 안을 밝혀주지요. 이러한 등불을 밝히는 등잔의 바로 밑은 오히려 그림자가 생기기 때문에 어두워서 잘 보이지 않아요.**

가까운 곳에서 생긴 일을 도리어 잘 모른다는 뜻이에요. 예를 들어 지우개를 한참 동안 찾았는데 바로 필통 옆에 가려 있었을 때처럼 말이에요.

등잔은 기름을 담아서 등불을 켤 수 있도록 만든 작은 그릇을 말해요.

등잔

오, 등잔 밑이
어둡다더니
이 귀한 약초가
매일 다니던 길에
있었군!

비슷한 고사성어

등하불명 燈下不明

등잔 밑이 어둡다는 뜻으로 속담과 같아요. 가까이에 있는 물건이나 사람을 잘 찾지 못하는 것을 이르는 말이에요.

말이 씨가 된다

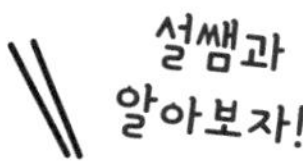

무슨 뜻일까요?

겉뜻 평상시에 늘 하던 말이 씨앗이 되어 그대로 실현이 된다는 뜻이에요.

늘 말하던 것이 실제로 어떤 사실을 가져오는 결과가 되는 것을 비유적으로 이르는 말이에요. 평소에 '좋아', '잘 될 거야!', '할 수 있어!'와 같은 긍정적인 말을 많이 하면 할수록 좋은 일이 일어날 거예요.

씨는 식물의 열매 속에 있는, 싹이 터서 새로운 식물이 되는 물질이에요. 앞으로 커질 수 있는 일의 뿌리를 비유적으로 이르는 말로도 쓰여요.

화성을 3년 내에 완공하는 것이 목표라오.

정약용 선생님께서 만드신 저 *녹로를 이용하면 더 빨리 완공하실 겁니다.

고맙소. 설쌤의 말이 씨가 되면 좋겠구려.

*녹로: 높은 곳이나 먼 곳으로 무엇을 달아 올리거나 끌어당길 때 쓰는 도르래.

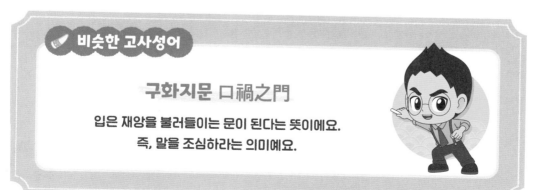

비슷한 고사성어

구화지문 口禍之門

입은 재앙을 불러들이는 문이 된다는 뜻이에요.
즉, 말을 조심하라는 의미예요.

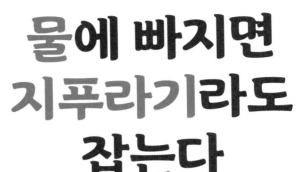

물에 빠지면 지푸라기라도 잡는다

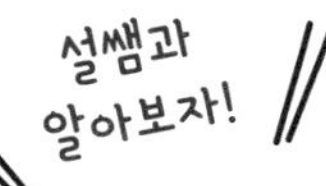

무슨 뜻일까요?

겉뜻 물에 풍덩 빠지면 살기 위해서 매우 약한 지푸라기라도 붙잡게 돼요.

어려운 상황에 처하면 무엇이든 붙잡게 됨을 이르는 말이에요. 지푸라기를 잡아도 별 도움이 되지 않지만, 이것저것 따질 겨를 없이 작은 희망에 매달리게 되는 사람의 마음을 표현한 속담이에요.

짚은 벼나 보리의 이삭을 떨어낸 줄기와 잎이고, 짚 한 올이나 부스러기를 지푸라기라고 해요.

지푸라기

왕건 폐하,
*견훤의 구조 요청을 받아들이면 안 됩니다.

자식의 손에 비참한 최후를 맞이하게 됐으니

지푸라기라도 잡고 싶은 모양인데 어림 없습니다.

*견훤: 후백제의 초대 왕. 큰아들 신검의 반역으로 절에 갇혀서 고려의 왕건에게 도움을 요청함.

비슷한 고사성어

절체절명 絶體絶命

몸도 목숨도 다 되었다는 뜻으로, 어찌할 수 없는 절박한 경우를 비유적으로 이르는 말이에요.

믿는 도끼에 발등 찍힌다

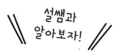

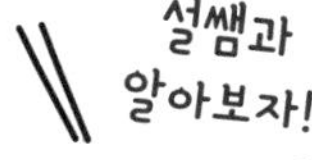

무슨 뜻일까요?

겉 뜻 나무꾼은 항상 도끼로 나무를 베지만 순간 잘못하면 도끼에 발등을 찍히는 끔찍한 사고를 당할 수 있어요.

잘될 거라고 믿고 있던 일이 어긋나거나 믿고 있던 사람이 배신하여 해를 입게 되는 경우를 비유적으로 이르는 말이에요. 아무리 잘 아는 물건이나 사람이어도 피해를 볼 수 있으니 조심해야 해요.

도끼는 나무를 찍거나 쪼개는 도구예요.

도끼

이해가 안 돼요.
어떻게 원수와
동맹을 맺어요?

믿는 도끼에
발등 찍히면
어떡해요?

후훗, 걱정 마.
*왕건은 견훤의 도움으로
후삼국 통일을
이루게 된단다.

*왕건: 고려를 건국하고 후삼국의 통일을 이룩한 왕.

비슷한 속담

믿었던 돌에 발부리 채었다

돌이 있는 것을 알고 있었어도 방심한 순간 돌에 걸려 넘어질 수 있어요. 잘될 거라고 믿던 일이 어긋나거나 믿고 있던 사람이 배반하여 해를 입을 수 있어요.

바늘 도둑이 소도둑 된다

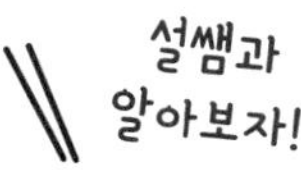

무슨 뜻일까요?

겉뜻 **바늘처럼 작은 물건이어도 계속 훔치다 보면 나중에는 소를 훔치는 도둑이 될 수 있어요.**

자그마한 나쁜 일도 자꾸 해서 버릇이 되면 나중에는 큰 죄를 저지르게 된다는 뜻이에요. 그러니 작은 일이더라도 나쁜 행동은 빨리 고치는 것이 좋아요.

도둑이란 남의 물건을 훔치거나 빼앗는 등 나쁜 짓을 말해요. 혹은 그런 행동을 하는 사람을 뜻하지요.

살구 맛있겠다.
저렇게 많은데
한 개쯤은 먹어도
되지 않을까?

그래도
도둑질인 걸.

바늘 도둑이
소 도둑 된다~.

비슷한 속담

개미구멍이 둑을 무너뜨린다

둑은 물이 넘치는 것을 막기 위해 흙으로 만든 언덕이에요.
작은 개미구멍이 큰 둑을 무너뜨리는 것처럼, 작은 실수가
큰 문제로 이어질 수 있다는 말이에요.

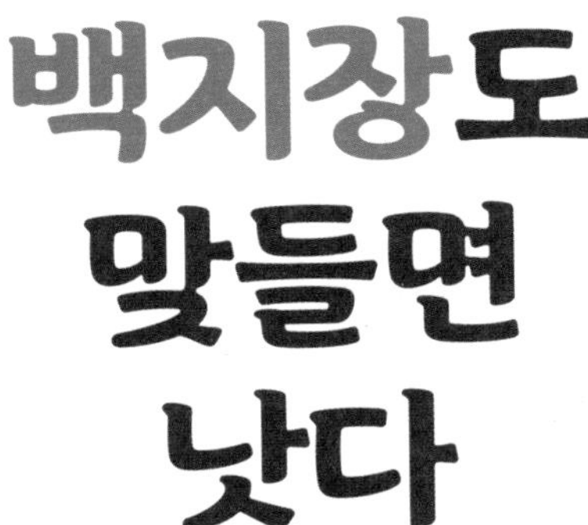

백지장도 맞들면 낫다

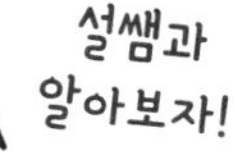

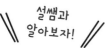

무슨 뜻일까요?

겉뜻 **가벼운 종이 한 장이라도 혼자보다 둘이 들면 더 가벼워요.**

아무리 쉬운 일이라도 협력해서 하면 훨씬 더 쉽다는 말이에요. 어떤 일을 혼자서 해결할 수도 있지만 친구와 함께하면 더 즐겁고 힘나는 경험이 있지요. 어려운 일이든 쉬운 일이든 누군가와 힘을 합하여 일한다는 것은 서로에게 좋은 일이랍니다.

백지장은 흰색 종이 한 장을 말해요. 핏기가 없이 창백한 얼굴빛을 비유적으로 이르는 말로도 쓰여요.

김밥, 해파리, 딸기 머리핀 찾아라!

백지장도 맞들면 낫다잖아?

뭐야?

우아~ 같이 드니 깃털처럼 가볍다~.

비슷한 고사성어

십시일반 十匙一飯

밥 열 술이 한 그릇이 된다는 뜻으로, 여러 사람이 조금씩 힘을 합하면 한 사람을 쉽게 도울 수 있다는 말이에요.

벼 이삭은 익을수록 고개를 숙인다

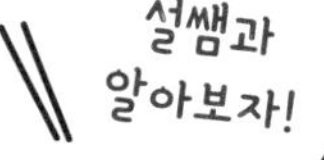

무슨 뜻일까요?

겉뜻 벼가 익어서 추수할 때가 되면 낟알이 달린 부분이 무거워져서 길게 늘어지며 고개를 푹 숙여요.

교양이 있고 수양을 쌓은 사람일수록 더욱 겸손해진다는 것을 비유적으로 이르는 말이에요. 똑똑하고 인성이 좋다고 박수를 받는 사람일수록 본인이 잘났다고 내세우며 잘난 척하기보다는 주변을 둘러볼 만큼 겸손하다는 뜻이에요.

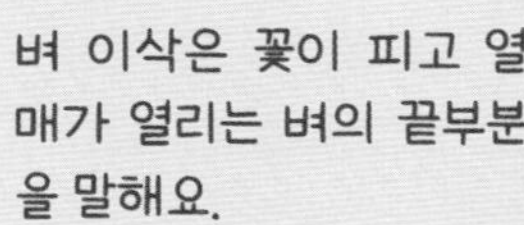

벼 이삭은 꽃이 피고 열매가 열리는 벼의 끝부분을 말해요.

지렁이, 립스틱, 옥수수 찾아라!

전하, 활 솜씨가 굉장했어요.

올림픽 금메달도 따실 걸요?

올림픽?

고맙구나. 그래도 태조 대왕의 솜씨에는 한참 못 미치지.

벼 이삭은 익을수록 고개를 숙인다더니 정말 겸손하시구나.

* **정조:** 조선의 22대 국왕. 활 쏘기 솜씨가 뛰어났다고 전해짐.

비슷한 속담

병에 찬 물은 저어도 소리가 나지 않는다

병에 물이 가득차면 마구 휘저어도 소리가 잘 나지 않아요. 생각이 깊고 훌륭한 사람일수록 겉으로 자신을 뽐내거나 잘난 체하지 않는다는 뜻이에요.

살은 쏘고 주워도 말은 하고 못 줍는다

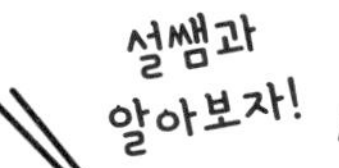

무슨 뜻일까요?

겉뜻 화살을 쏘면 아무리 먼 거리라도 언젠가는 뚝 떨어져서 주울 수 있지요. 하지만 한 번 내뱉은 말은 주워 담을 수 없어요.

말은 하고 나면 다시 수습할 수 없으니 언제나 말을 조심해야 한다는 뜻이에요. 아무리 장난일지라도 친구의 마음을 상하는 말이나 서로 기분 나쁜 말은 가급적 하지 않는 게 좋아요. 이미 입 밖으로 나온 말은 말하기 전으로 되돌릴 수 없으니까요.

살(화살)은 활시위에 메겨서 당겼다가 놓으면 그 반동으로 멀리 날아가도록 만든 물건이에요.

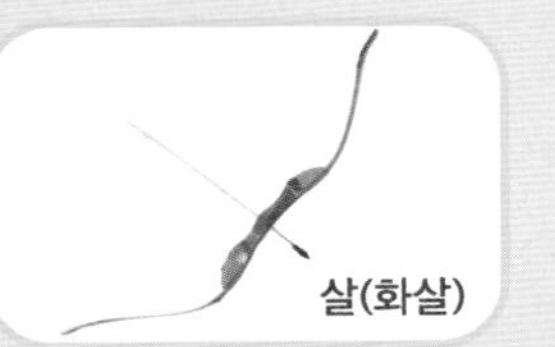
살(화살)

넌 구제불능이야!
고구려의 부마, 취소!!

고, 공주님…!.
온달이 충격 받은 표정 좀
보세요. 살은 쏘고
주워도 말은 하고
못 줍는답니다.

부하를 취소한다니,
그럼 이제 치킨을
안 사주는 거야?!

비슷한 속담

한 번 엎지른 물은 다시 주워 담지 못한다

물을 쏟으면 원래처럼 컵에 주워 담을 수 없는 것처럼,
일단 저지른 잘못은 회복하기 어렵다는 말이에요.

서당 개 삼 년에 풍월 한다

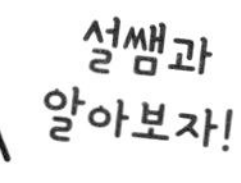

무슨 뜻일까요?

겉뜻 서당에서 삼 년 동안 매일 글 읽는 소리를 듣다 보면 개조차 글 읽는 소리를 내게 된다는 말이에요.

어떤 분야에 대하여 지식과 경험이 전혀 없는 사람이라도 한곳에 오래 있으면 지식과 경험을 쌓게 된다는 것을 비유적으로 이르는 말이에요.

서당은 옛날에 학생들이 글을 배우던 학교예요.
풍월은 맑은 바람과 밝은 달이라는 뜻인데,
이 속담에서는 얻어들은 짧은 지식을 의미해요.

시간의 문을
우아하게 통과할 수
없을까요?

으아아아아아~

서당 개 삼 년에
풍월 한다던데
우리도 언젠가는
나아지겠죠~!

비슷한 속담

낙숫물이 댓돌 뚫는다

지붕에서 떨어지는 물도 꾸준히 떨어지면 딱딱한 돌을 뚫을 수 있어요. 이처럼 작은 힘이라도 꾸준히 계속하면 큰일을 이룰 수 있음을 비유적으로 이르는 말이에요.

쇠뿔도 단김에 빼랬다

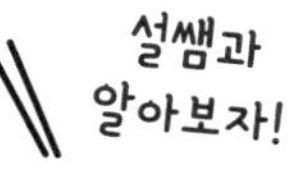

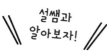

무슨 뜻일까요?

겉뜻 **든든히 박힌 소의 뿔을 뽑으려면 불로 달구어 놓은 김에 바로 해치워야 한다는 뜻이에요.**

어떤 일이든지 하려고 생각했으면 곧바로 행동으로 옮겨야 함을 비유적으로 이르는 말이에요. 옛날에는 소의 뿔이 더 이상 자라지 않도록 불로 달군 인두로 뿔을 지지곤 했대요.

'단김에'는 열기가 아직 식지 않았을 때를 뜻해요. '좋은 기회가 지나기 전에'라는 뜻으로도 쓰여요.

하아… 그래.
삼족오의 아이를
찾는 여행에
동행을 허락하마.

야호~!

전하!!

쇠뿔도
단김에 빼랬다고,
당장 가요!

비슷한 속담

고사리도 꺾을 때 꺾는다

고사리를 제철에 꺾어야 하는 것처럼 무슨 일이든
해야 할 시기를 놓치지 말라는 뜻이에요.

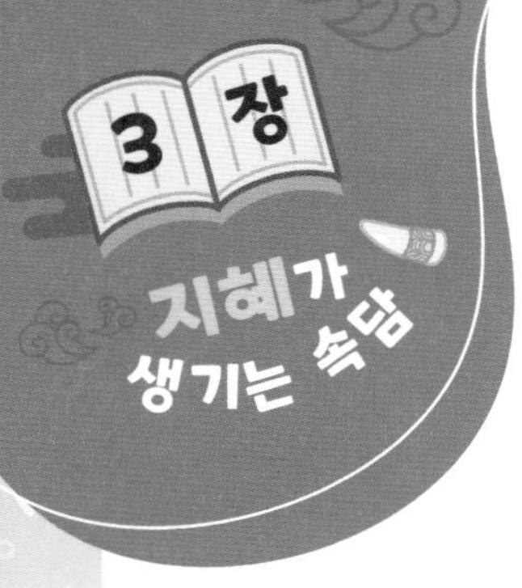

아 해 다르고 어 해 다르다

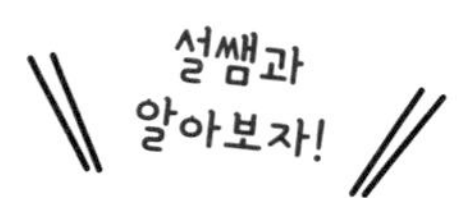

무슨 뜻일까요?

겉뜻 '아'와 '어'는 비슷하게 생겼지만 완전히 다른 글자예요.

같은 내용의 이야기라도 어떻게 말하느냐에 따라 달라진다는 말이에요. 그래서 말을 할 때에는 잘 생각해서 해야 하지요.

이 속담에서 '해'의 정확한 의미는 전해지지 않지만, '하다'를 줄여서 쓴 말로 추정돼요.

공부하라는 내 말은 그렇게 안 듣더니!

어떻게 설득하신 거예요?

후훗, 아 해 다르고 어 해 다르지요.

"너, 요즘 공부하니? 똑똑해졌어."

"그래요?"

비슷한 속담

웃느라 한 말에 초상난다

농담으로 한 말을 듣고 어떤 사람은 죽을만큼 아플 수 있으니, 말을 매우 조심해야 한다는 뜻이에요.

아니 땐 굴뚝에 연기 날까

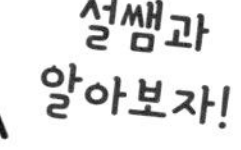

무슨 뜻일까요?

겉뜻 장작이 타야 연기가 피어나요. 즉, 불을 때지 않은 굴뚝에서는 절대 연기가 날 수 없다는 의미예요.

원인 없이 결과가 있을 수 없음을 비유적으로 이르는 말이에요. 대부분의 소문에는 그 이유가 있어요.

굴뚝은 불을 땔 때 연기가 밖으로 빠져나갈 수 있도록 뚫어 둔 구조물이에요.

굴뚝

최근 임금께서 *경연은 소홀히 하고 광대와 무희를 불러 잔치를 자주 벌인다더군.

경연을 좋아하는 분이 땡땡이? 헛소문일세.

아니 땐 굴뚝에 연기 나겠소?

땡땡이는 맞는데 잔치는 무언고?

* **경연**: 고려, 조선 시대에 임금과 신하들이 학문이나 기술에 대해 토론하고 국정을 협의하던 일.

비슷한 속담

뿌린 대로 거둔다

씨앗을 뿌리면 곡식을 얻을 수 있듯이,
자기가 저지른 일의 결과를 그대로 얻게 된다는 뜻이에요.

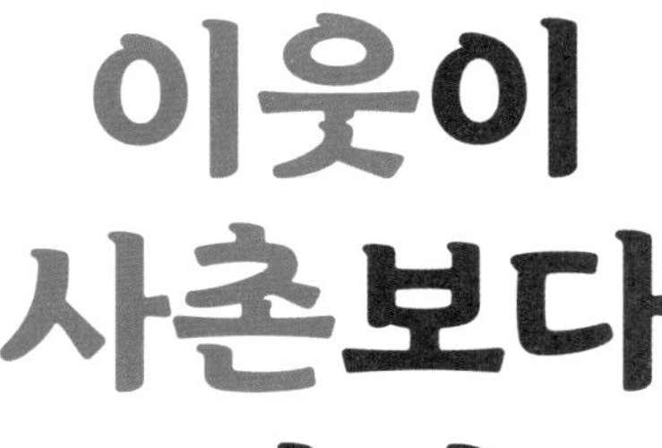

이웃이 사촌보다 낫다

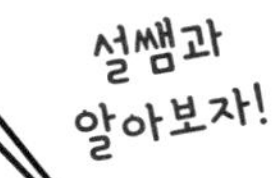

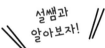

무슨 뜻일까요?

겉뜻 가까이 사는 이웃이 멀리 사는 친척보다 정이 들고 도움을 주고받기 편해요.

자주 보는 사람에게 정이 들고 도움을 주고받기도 쉽다는 말이에요. 매일 얼굴을 마주보며 지낼 수 있는 이웃은 기쁜 일과 슬픈 일을 누구보다 가장 먼저 알지요. 그러니 멀리 살아서 1년에 얼굴 한 번 보기 힘든 친척보다 이웃이 더 가깝게 느껴져요.

이웃은 가까운 곳에 사는 집 또는 사람을 말해요. 자주 만날 수 있고 어려운 일이 있으면 누구보다 먼저 도움을 줄 수 있는 사이지요.

팽이, 칫솔, 피망 찾아라!

*허준 의원님,
말리던 약초는 안으로
들여놨어요.

약초가
비에 젖을까봐
달려왔는데
정말 고맙네.

이웃이
사촌보다
낫구먼.

*허준: 조선 시대의 의학자(의사)로, 백성들이 구하기 쉬운 약재, 치료 방법 등을 연구함.

비슷한 속담

지척의 원수가 천리의 벗보다 낫다

가까운 곳에 있는 원수가
멀리 있는 친구보다 낫다는 말이에요.

입에 쓴 약이 병에는 좋다

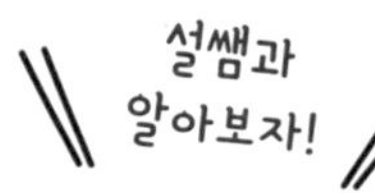

무슨 뜻일까요?

겉뜻 세상에 맛있는 약은 없지요. 하지만 먹기에는 쓰지만 약을 먹어야 병이 나을 수 있다는 뜻이에요.

충고나 교훈이 당장은 듣기 싫어도 결국 그 말을 잘 듣고 받아들이면 도움이 된다는 뜻이에요. 때로는 "공부해라!", "밥은 꼭꼭 씹어 먹어라"와 같은 부모님의 말씀이 듣기 싫더라도 결국 모두 나에게 도움이 되는 말이에요.

병이란 몸에 문제가 생겨서 평소처럼 정상적으로 활동이 이루어지지 않아 괴로움을 느끼게 되는 현상을 말해요.

으앗, 써!

허준 의원님,
이거 약초 맞아요?
독초 아니예요?

퉤 퉤

하하,
입에 쓴 약이
병에는
좋은 법이란다.

비슷한 속담

꿀도 약이라면 쓰다

꿀처럼 달콤한 음식도 약으로 알고 먹으면 쓰게 느껴져요.
좋은 말이라도 충고라면 듣기 싫어함을 비유적으로 이르는 말이에요.

입은 비뚤어져도 말은 바로 해라

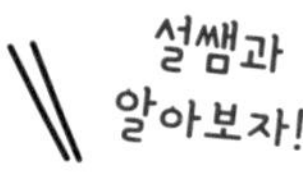

무슨 뜻일까요?

겉뜻 입이 비뚤어져 있으면 제대로 발음하기가 어려워요. 하지만 아무리 어려운 상황이라 해도 바른 말을 해야 한다는 뜻이에요.

아무리 상황이 좋지 못해도 진실은 바로 밝히라는 말이에요. 비뚤어진 입으로도 말은 바로 해야 하는데, 똑바른 입이라면 더더욱 거짓이 아닌 진실을 말해야 해요.

비뚤어진다는 한쪽으로 기울어지거나 쏠려있는 모양을 뜻하는 동사에요. 성격이나 마음이 잘못된 방향으로 틀어져있을 때도 사용해요.

이분이 하늘에서 내려온 *단군왕검이 될 분이라고 하신다.

흠흠…

저 사람은 악당이에요!

엑스맨, 입이 비뚤어져도 말은 바로 하랬어! 네 정체를 밝혀라!

*단군왕검: 고조선 시대에 하늘에 제사를 지내고 백성을 다스린 임금.

비슷한 속담

관 속에 들어가도 막말은 마라

죽어서도 말은 함부로 하지 말라는 뜻으로,
어떠한 경우라도 말을 조심하라는 의미예요.

호랑이 굴에 가야 호랑이 새끼를 잡는다

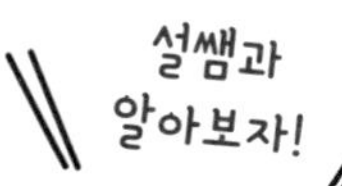

무슨 뜻일까요?

겉뜻 호랑이를 만나려면 무섭더라도 호랑이가 사는 곳으로 찾아가야 해요.

목표를 이루려면 그에 맞게 노력을 해야 한다는 말이에요. 스스로 원하는 목표가 있다면 그와 가까운 곳에 다가가야 해요. 직접 부딪혀야 원하는 바를 이룰 수 있으니까요.

호랑이를 순우리말로 '범'이라고도 해요.

온달아, 네가 고구려의 부마가 될 수 있도록 도와 줄게.

네? 부하요?

호랑이 굴로 가야 호랑이 새끼를 잡는 법!

역사 속 위인들의 지혜를 얻기 위해 과거로 떠날 거야.

비슷한 속담

산에 가야 범을 잡는다

호랑이를 잡으려면 산에 가야한다는 뜻이에요. 무슨 일을 하려면 발 벗고 나서서 실천해야 함을 이르는 말이에요.

숨어 있는 속담 찾기

속담의 빈칸에 들어갈 단어를 적어 보세요.

112쪽

□□□도 구르는 재주가 있다

▶ 매미, 풍뎅이 등의 애벌레예요. 느릿느릿 기어 다녀요.

104쪽

□□□에 옷 젖는 줄 모른다

▶ 오는 듯 마는 듯 할 정도로 부슬부슬 가늘게 내리는 비를 의미해요.

120쪽

물에 빠지면 □□□□라도 잡는다

▶ 벼나 보리의 이삭을 떨어낸 줄기예요.

146쪽

□□□굴에 가야 □□□새끼를 잡는다

▶ 검은 줄무늬가 있는 아주 큰 육식 동물이에요.

빈칸에 적은 단어를 글자판에서 찾아 보세요.

도	르	서	물	가	하	늘	우	지	한
리	토	굼	벵	이	마	장	리	푸	강
무	소	리	본	천	오	가	그	라	시
나	파	리	학	달	리	재	네	기	구
수	금	동	교	가	무	좌	충	우	돌
참	새	살	어	랑	줌	별	다	은	보
사	랑	구	흥	비	고	람	이	든	라
지	수	호	박	차	쥐	금	덕	수	궁
렁	신	새	랑	첨	성	대	강	자	라
이	빨	낮	공	이	양	고	땅	산	타

답은 207쪽

가재는
게 편
속담
목마른
놈이
우물 판다
뚝배기보다
장맛이 좋다
황소
뒷걸음치다
쥐 잡는다
방귀 뀐
놈이
성낸다

4 장
로빈이 알려 주는
어휘력이 자라는 속담

가재는 게 편

무슨 뜻일까요?

겉뜻 가재와 게는 생김새가 비슷해요. 둘 다 등딱지와 집게발이 있지요. 가재가 자신과 비슷하게 생긴 게 편을 든다는 말이에요.

형편이나 상황이 비슷한 친구끼리 서로 편을 들거나 감싸 줄 때 쓰는 표현이에요. 같은 반 친구가 다른 학교 친구들에게 괴롭힘을 당하면 화가 나서 구해주려고 노력하지요. 이럴 때 쓰는 표현이에요.

게는 몸이 단단한 등딱지로 되어 있고, 다리가 열 개인 동물이에요.

게

너무하는군. 사람을 이렇게 패다니.

*관아에 가요. 사또께 억울함을 호소해 보면…

가재는 게 편인데 말하면 뭐해?

관아에서는 노비의 처지 따위에는 관심도 없겠지.

* **관아**: 조선 시대에 벼슬아치들이 모여 나라의 중요한 일을 하던 건물.

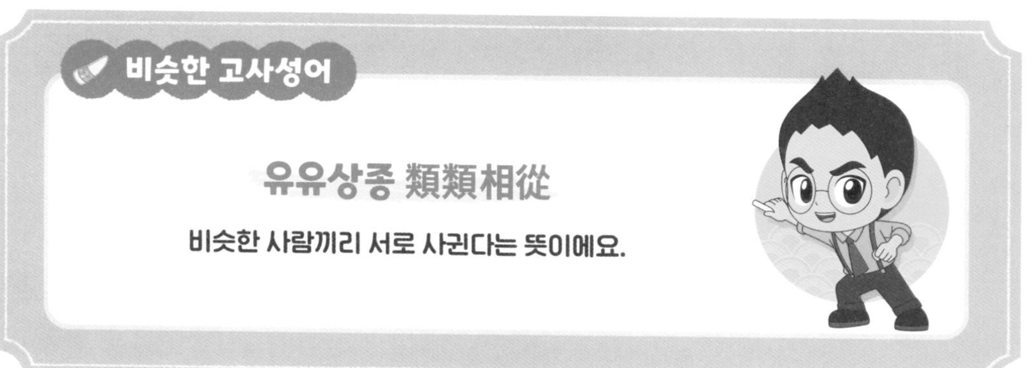

비슷한 고사성어
유유상종 類類相從
비슷한 사람끼리 서로 사귄다는 뜻이에요.

귀신이 곡할 노릇이다

무슨 뜻일까요?

겉뜻 이미 죽은 귀신조차 엉엉 울 정도의 일이라는 뜻이에요.

어떤 일이 하도 기묘하고 신통하여서 도무지 이해할 수 없는 상황을 이르는 말이에요. 분명히 내가 어제 책을 책상 위에 두고 잤는데 아무리 찾아도 없을 때 '귀신이 곡할 노릇이네!'라고 해요.

곡은 크게 소리를 내는 울음, 또는 제사나 장례를 지낼 때에 일정한 소리를 내는 울음을 의미해요.

온달아,
여긴 아까
왔던 곳이야.

응? 분명
지도를 따라 온 건데
어떻게 된 거지?

귀신이 곡할
노릇이네.

비슷한 고사성어

기상천외 奇想天外

상상할 수 없을만큼 생각이 기발하고
엉뚱함을 의미해요.

꼬리가 길면 밟힌다

무슨 뜻일까요?

겉뜻 꼬리가 기다란 동물은 아무리 빠르게 움직여도 꼬리가 쉽게 밟혀요.

나쁜 일을 아무리 남모르게 한다고 해도 오래 두고 여러 번 계속하면 결국에는 들키고 만다는 것을 비유적으로 이르는 말이에요. 나쁜 행동을 하면 당장 들키지 않더라도 언젠가는 안 좋은 일이 생길 거예요.

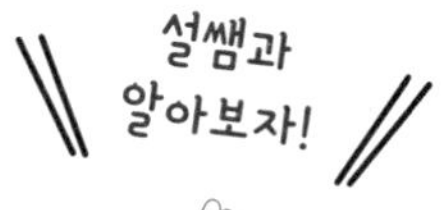

꼬리는 동물의 몸 끝부분에 붙어 있는 것으로, 사슴처럼 꼬리가 짧은 동물도 있고 개나 고양이처럼 꼬리가 긴 동물도 있어요.

거기 서라!
지도 사기꾼!
쳇, 가짜 지도인 걸 들켰군.
꼬리가 길면 밟히는데, 이곳에서 너무 많이 팔았어.

비슷한 속담

고삐가 길면 밟힌다

고삐는 말이나 소를 몰기 위해 잡아매는 줄이에요.
고삐가 길면 쉽게 밟히듯, 나쁜 일을 여러 번 계속하면
결국 들킨다는 말이에요.

누워서 떡 먹기

무슨 뜻일까요?

겉뜻 가만히 누워서 떡을 먹는 건 아주 쉽고 편한 일이에요.

어떤 일을 하는 데 힘이 들지 않고 쉽게 할 수 있다는 뜻이에요. 아주 어릴 때부터 피아노를 쳤던 친구는 동요 한 곡은 어렵지 않고 쉽게 칠 수 있겠지요. 이런 상황에 쓰는 말이에요.

떡은 곡식 가루를 찌거나, 그 찐 것을 쳐서 빚어서 만든 음식이에요.

떡

온달아,
목판들을 이쪽으로
옮겨 주겠니? 무거우니
조심하거라.

*김정호 선생님,
저한테 맡겨 주세요.
이 정도는
누워서 떡 먹기죠.

*김정호: 조선 후기의 지도학자. 한반도의 지도 '대동여지도'를 목판으로 제작하여 종이에 다량으로 찍어 보급하도록 함.

비슷한 속담

땅 짚고 헤엄치기

수영을 잘 못해도 땅을 짚으면 쉽게 헤엄을 칠 수 있어요.
그만큼 아주 하기 쉬운 일을 비유적으로 이르는 말이에요.

도랑 치고 가재 잡는다

무슨 뜻일까요?

겉뜻 도랑을 만들려고 돌을 들었다가 우연히 그 안에 숨어있던 가재를 잡는다는 뜻이에요.

한 가지 일로 두 가지 이익을 본 경우를 이르는 말이에요. 또는 일의 순서가 바뀌어서 애쓴 보람이 없게 되었을 때도 쓰여요.

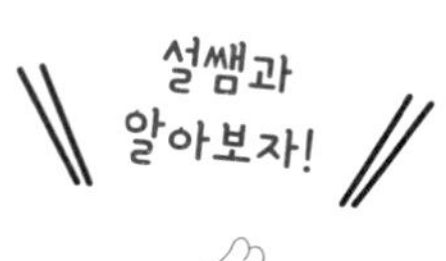

도랑은 아주 작고
좁은 개울을 말해요.

도랑

애호박, 마술사 모자, 외계인 우주선 찾아라!

설쌤! 이것 봐요~.
방 청소하다가
돈 주웠어요!

그래. 도랑 치고
가재 잡았구나.

네가 잃어버렸던
돈이겠지만….

일석이조 一石二鳥

돌 한 개를 던져서 새 두 마리를 잡는다는 뜻으로,
동시에 두 가지 이득을 본다는 말이에요.

도토리 키 재기

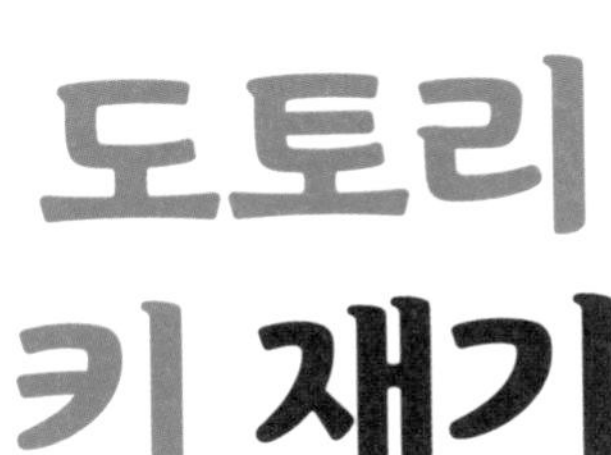

무슨 뜻일까요?

겉뜻 도토리는 저마다 크기가 비슷비슷해요. 비슷한 도토리들끼리 키를 재보았자 큰 차이가 없다는 말이에요.

비슷한 사람들끼리 자기가 더 잘났다고 서로 다툰다는 뜻이에요. 몸무게가 서로 비슷한 친구들끼리 서로 "내가 0.5kg 더 나가지! 그러니까 내가 더 커!"라고 다투는 것과 같은 상황이에요.

도토리는 참나무에서 열리는, 다람쥐가 좋아하는 작은 열매예요.

*김홍도 선생님,
제가 더 잘 그렸죠?

제 그림이
더 낫죠?

도토리
키 재기구먼~.

그, 글쎄~.

*김홍도: 서민들의 생활상을 그린 풍속화로 유명한 조선 후기의 화가.

비슷한 속담

네 콩이 크니 내 콩이 크니 한다

콩의 크기는 다 비슷비슷하지요. 비슷한 것을 가지고
서로 제 것이 낫다고 다투는 상황을 이르는 말이에요.

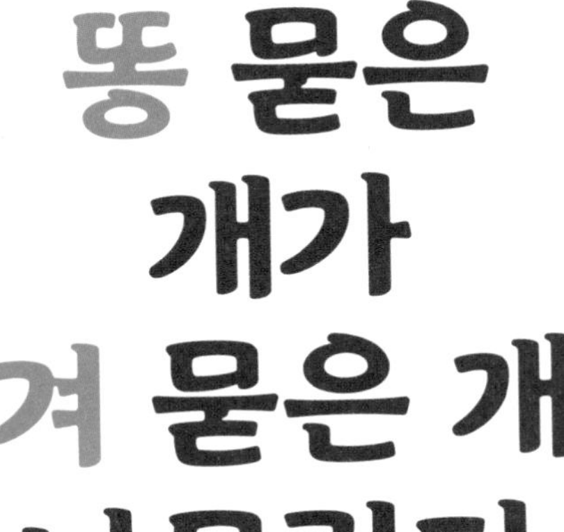

똥 묻은 개가 겨 묻은 개 나무란다

무슨 뜻일까요?

겉뜻 똥 묻은 개가 자기한테 묻은 똥은 생각하지 못하고, 겨 묻은 것을 흉본다는 말이에요.

자기는 더 큰 흉이 있으면서 도리어 남의 작은 흉을 본다는 말이에요. 다른 사람의 단점을 흉보기 전에 자신의 모습을 되돌아보아야 해요.

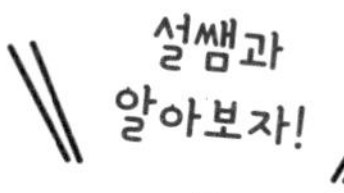

벼, 보리 같은 곡식은 껍질이 있어 벗겨야 먹을 수 있어요. 이런 껍질을 겨라고 해요.

너 왜 자꾸 나를 따라와서 방해하는 거야?

똥 묻은 개가 겨 묻은 개 나무란다더니!

너야말로 위인들을 따라다니며 방해하잖아!

호랑이도 제 말 하면 온다

깊은 산에 있는 호랑이조차 자기에 대해 이야기하면 찾아온대요.
그 자리에 없다고 남을 흉보아서는 안 된다는 말이에요.

뚝배기보다 장맛이 좋다

무슨 뜻일까요?

겉뜻 겉모양은 화려하지 않은 뚝배기지만 그 안에 들어있는 장맛은 훌륭하다는 뜻이에요.

겉모양이 보잘것없어도 내용은 훌륭함을 비유적으로 이르는 말이에요. 물건의 겉모습보다는 그 물건의 질이 중요하고, 사람의 외모보다는 마음이 중요하겠지요.

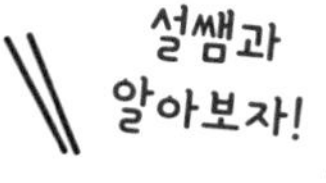

뚝배기는 찌개, 설렁탕 등을 끓이거나 담는 그릇이에요. 식는 속도가 느려서 따뜻한 음식을 담아요.

뚝배기

와인잔, 낫, 허리띠 찾아라!

부릅

무서워…

어휴, 호위 때문에 *암행을 제대로 못하겠구나.

뚝배기보다 장맛이 좋다지 않소. 이 친구가 산적 같이 생겼지만 심성은 아주 곱소.

*암행: 조선 시대에 왕의 특명을 받아 비밀리에 지방을 돌며 백성의 어려움을 살피던 일.

비슷한 속담

장독보다 장맛이 좋다

장독은 간장, 된장 등의 장을 담아 두는 큰 항아리예요. 장독의 겉모습은 보잘것없지만 안에 든 장맛은 훌륭하다는 말이에요.

마른하늘에 날벼락

무슨 뜻일까요?

겉뜻 비도 오지 않는 맑은 하늘에서 느닷없이 벼락이 친다는 말이에요.

뜻하지 않은 상황에서 갑작스럽게 당하는 어려운 일을 말해요. 꼭 들어가고 싶은 학원에 시험을 봐서 합격했다는 연락을 받았는데, 느닷없이 합격이 취소되었다고 연락받은 상황에 이 속담을 말할 수 있어요.

날벼락은 느닷없이 치는 벼락이에요. 뜻밖에 당하는 불행이나 재앙, 호된 꾸지람 등을 비유적으로 이르는 말로도 쓰여요.

잠깐만요!
이 사람은
엑스맨이
아니예요!

뭐?

아이고오~
마른 하늘에
날벼락이구나.

엑스맨은 누군데
다짜고짜 이러시오?
난 *김홍도요.

*김홍도: 서민들의 생활상을 그린 풍속화로 유명한 조선 후기의 화가.

비슷한 고사성어

청천벽력 靑天霹靂

맑게 갠 하늘에서 치는 날벼락이라는 뜻으로,
뜻밖에 일어난 큰 사건을 비유적으로 이르는 말이에요.

목마른 놈이 우물 판다

무슨 뜻일까요?

겉뜻 옛날에는 물을 마시려면 우물에서 물을 길어야 했어요. 목이 마른 사람이 우물을 서둘러 파야겠죠.

급한 사람이 필요한 일을 서둘러 하게 되어 있다는 말이에요. 원하는 일이 있다면 다른 사람이 하기를 기다리지 말고 본인이 나서야 해요. 배가 고프면 밥을 줄 때까지 기다리지 않고 밥통에서 밥을 푸는 것이 가장 빠른 것처럼 말이에요.

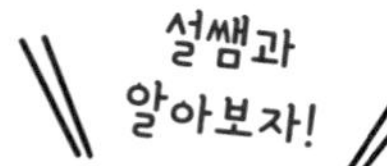

우물은 깨끗한 물을 얻을 수 있는 시설로, 땅을 깊게 파고 담을 쌓아 만들었어요.

*선덕여왕님, 우린 도둑이 아니예요.

그걸 어떻게 믿지?

어쩔 수 없네요. 목마른 놈이 우물 파야죠.

도둑을 직접 잡아 올게요.

* **선덕여왕**: 신라 제27대 왕이며, 한국사 최초의 여왕.

비슷한 속담

갑갑한 놈이 송사한다

송사는 백정끼리 분쟁이 있을 때 관부에 호소하여 판결을 구하던 일이에요. 무슨 일이든 제일 급한 사람이 그 일을 서둘러야 한다는 말이에요.

무소식이 희소식

무슨 뜻일까요?

겉뜻 아무 소식이 없는 것이 기쁜 소식이라는 뜻이에요.

소식이 없는 것은 아무 문제없이 무사히 잘 있다는 뜻이므로, 곧 기쁜 소식이나 다름없다는 말이에요. 연락을 주고받기 어려운 옛날에는 소식을 자주 전하기 어려워서 이런 말이 만들어졌어요.

무(無)는 '없다'라는 의미예요. 무소식은 '소식이 없다', 무한은 '한계가 없다', 무식은 '아는 것이 없다'라는 뜻으로 풀이할 수 있어요.

공주와 설 박사는
삼족오의 아이를
잘 찾아갔으려나….

무소식이
희소식이라 하였으니
무사한 거겠지.

비슷한 속담

꿩 구워 먹은 소식

음식이 귀하던 옛날에 꿩 고기를 얻으면 소리 없이 먹었던 상황을 의미해요. 즉, 소식이 전혀 없음을 뜻하는 말이에요.

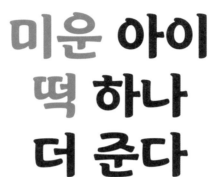

미운 아이 떡 하나 더 준다

무슨 뜻일까요?

겉뜻 미운 짓을 하는 아이에게 오히려 맛있는 떡을 하나 더 주라는 말이에요.

미울수록 더 정답게 대해야 미워하는 마음이 사라진다는 것을 비유적으로 이르는 말이에요. 또는 미운 사람에게 잘 대해 주어야 혹시 모를 근심거리가 없다는 뜻으로도 쓰여요.

조상들은 집안에 좋은 일이 생겼을 때 떡을 만들어 이웃과 나누어 먹었다고 해요.

넌 발이 빠르니까 공격수를 해 줘.

정말? 고마워, 주장!

저번에 온달이 빼고 햄버거 먹으러 가서 나를 미워하는 줄 알았는데….

"미운 아이 떡 하나 더 준다잖아~. 네가 마음을 좋게 쓰면 친구도 감동 받을 거야."

비슷한 속담

미운 사람에게는 쫓아가 인사한다

미운 사람일수록 쫓아가 인사를 할 정도로 잘해 주고 감정을 쌓지 않아야 한다는 말이에요.

바늘 가는 데 실 간다

무슨 뜻일까요?

겉뜻 **바느질을 하려면 바늘도 있고 실도 있어야 하지요. 그래서 바늘과 실은 항상 함께 있어요.**

아주 친하고 가까운 사이를 비유적으로 이르는 말이에요. 가장 가까운 친구는 기쁜 일도 함께 하고 슬픈 일도 함께 하지요. 바늘과 실처럼 항상 의지할 수 있는 친구가 있으면 외롭지 않고 정말 든든하겠죠.

바늘은 옷을 만들거나 찢어진 곳을 꿰매는 데 쓰는 도구예요. 끝에 실을 끼우는 작은 구멍이 있어요.

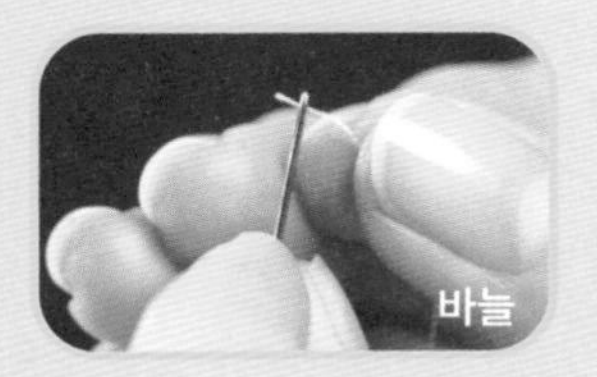

설쌤은
어디 가셨어?

정확히는 몰라도
근처에 계실 거야.

어떻게 알아?

로빈이
여기 있잖아.
바늘 가는 데
실 가는 법!

비슷한 속담

구름 갈 제 비가 간다

구름이 있으면 비가 오는 것처럼
늘 함께하는 사이라는 뜻이에요.

방귀 뀐 놈이 성낸다

무슨 뜻일까요?

겉뜻 방귀를 뀐 사람이 오히려 옆에 있는 사람에게 화를 낸다는 뜻이에요.

잘못을 저지른 사람이 오히려 남에게 화를 내는 경우를 비유적으로 이르는 말이에요. 잘못을 숨기고 싶거나 부끄러울 때가 있죠. 하지만 잘못을 인정하고 반복하지 않으려는 태도를 가져야 해요.

설쌤과 알아보자!

성낸다는 것은 분하고 섭섭하여 화가 치미는 감정을 표현하는 거예요.

이거 봐!
내 엑스론
물어내라!
네 이놈들
고소할 테다!
얌전히
있거라.
하, 먼저
공격한 게 누군데?
방귀 뀐 놈이
성낸다더니!

비슷한 고사성어

적반하장 賊反荷杖

도둑이 도리어 매를 든다는 뜻으로, 잘못한 사람이
아무 잘못도 없는 사람을 나무라는 것을 이르는 말이에요.

불난 집에 부채질한다

무슨 뜻일까요?

겉뜻 **불에 부채질을 하면 더 활활 타올라요. 집에 난 불을 꺼주기는커녕 불길을 더욱 거세지게 한다는 말이에요.**

다른 사람의 재앙을 점점 더 커지도록 하거나 화난 사람을 더욱 화나게 함을 비유적으로 이르는 말이에요.

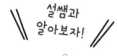

부채는 손으로 흔들어
바람을 일으키는 물건이에요.

부채

안 그래도
화성 짓는다고
시끄러운데
왜 자꾸 와서
귀찮게 굴어?

불난 집에
부채질하지 말고
썩 나가!

비슷한 속담

끓는 국에 국자 휘젓는다

국이 펄펄 끓을 때 국자로 휘휘 저으면 더욱 잘 끓어오르지요. 이처럼 남이 한창 화가 났을 때 더 화가 나도록 부추기는 것을 이르는 말이에요.

사촌이 땅을 사면 배가 아프다

무슨 뜻일까요?

겉뜻 사촌이 땅을 사는 건 정말 좋은 일이지만 샘이 나서 배가 아프다는 뜻이지요.

남이 잘되는 것을 기뻐해 주지는 않고 오히려 질투하고 시기하는 경우를 비유적으로 이르는 말이에요. 좋은 일이 생기면 함께 기뻐해 주는 친구가 진정한 친구예요.

사촌은 부모님의 형제자매의 자녀와의 촌수를 말해요. 즉, 이모, 고모, 삼촌의 딸이나 아들이 나와 사촌이에요.

해주댁, 그 비단 사려고?

근데 좀 안 어울리는데~.

뭐?

아휴, 참아. 예쁜 비단을 고르니 괜히 샘 나서 그래.

사촌이 땅을 사면 배가 아프다잖아.

비슷한 속담

남의 호박에 말뚝 박기

호박에 길쭉한 말뚝을 박으면, 잘 자라던 호박에
구멍이 나거나 깨지겠죠. 남의 일이 잘되는 것을
시기하여 방해함을 이르는 말이에요.

무슨 뜻일까요?

겉뜻 우물에서 태어나 자란 개구리는 좁은 우물만이 이 세상의 전부인 줄 안다는 뜻이에요.

넓은 세상의 형편을 알지 못하는 사람을 비유적으로 이르는 말이에요. 자기만 잘난 줄 아는 사람을 비꼬는 말로도 쓰여요.

개구리는 물가 근처에 사는 초록색을 띤 양서류예요.

개구리

온달아,
시간 여행해 보니
어때?
음…
여행을 해보니 내가
우물 안 개구리였다는
생각이 들어.
시야가
넓어지구 있구나.
지덕체를
갖춘 인재가
되기를….

비슷한 속담

바늘구멍으로 하늘 보기

조그만 바늘구멍으로 넓디넓은 하늘을 본다는 뜻으로,
전체를 살펴보지 못하는 매우 좁은 소견을 이르는 말이에요.
소견은 생각이나 의견을 의미해요.

원수는 외나무다리에서 만난다

무슨 뜻일까요?

겉뜻 만나기 싫은 원수와 피할 수 없는 외나무 다리에서 마주친 상황이에요.

만나기 싫은 사람과 하필 피할 수 없는 곳에서 만나게 됨을 비유적으로 이르는 뜻이에요. 남에게 나쁜 행동을 하면 그 죄를 받을 때가 반드시 온다는 의미로도 쓰여요.

원한이 맺힐 정도로 자기에게 해를 끼친 사람이나 집단을 원수라고 해요.

헉!

으엑, 엑스맨?
왜 그런 꼴이야?

하필 산적에게
당한 지금
마주쳤군.

원수는
외나무다리에서
만난다더니!

비슷한 속담

외나무다리에서 만날 날이 있다

꺼리고 싫어하는 대상을 피할 수 없는 곳에서
공교롭게 만나게 됨을 비유적으로 이르는 말이에요.

참새가 방앗간을 그저 지나랴

무슨 뜻일까요?

겉뜻 참새는 곡식을 무척 좋아해서 곡식이 많이 있는 방앗간을 그냥 지나가지 않아요.

좋아하는 곳을 보면 쉽게 지나치지 못한다는 뜻이에요. 떡볶이와 순대를 좋아하는 친구가 맛있는 냄새가 솔솔 나는 분식집을 그냥 지나가지 못하는 것과 마찬가지지요. 또한 욕심 많은 사람이 이익을 보고 가만있지 못한다는 말로도 쓰여요.

방앗간은 곡식을 찧는 기구인 방아를 이용하여 쌀이나 고추 등을 찧거나 빻는 곳이에요.

비행기, 여행 가방, 비니 찾아라!

가래엿이 왔어요~

그럼 그렇지~. 참새가 방앗간을 그냥 지나치겠어?

비슷한 속담

참새가 올조밭을 그저 지나치랴

올조는 곡식의 일종으로, 제철보다 일찍 여무는 조를 말해요. 곡식을 좋아하는 참새가 일찍 여물어 있는 조밭을 발견하면 그냥 지나치지 못하겠죠.

티끌 모아 태산

무슨 뜻일까요?

겉뜻 티끌처럼 아주 작은 먼지도 모이면 산만큼 커진다는 말이에요.

아무리 작은 것이라도 모이고 모이면 나중에 큰 것이 된다는 뜻이에요. 500원은 큰돈이 아니지만 꾸준히 1년을 모으면 비싼 장난감을 살 수 있을 만큼 큰돈이 되는 것처럼 말이에요.

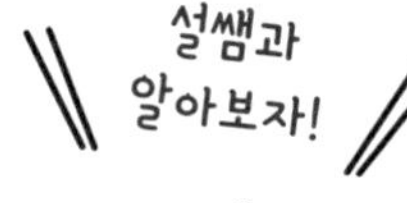

태산은 높고 커다란 산을 말해요. 또는 크고 많은 것을 가리킬 때도 써요. "할 일이 태산이야!"처럼요.

그 위인첩에
만났던 위인들의 정보를
기록해 두면 훗날
도움이 될 거야.

멋지다~!
이걸 다 채우려면
오래 걸리겠어.

티끌 모아
태산이야~.

비슷한 속담

실도랑 모여 대동강이 된다

작은 도랑이 모이면 아주 큰 강이 되는 것처럼,
작은 것이라도 모이면 큰 덩어리가 됨을 의미해요.
대동강은 북한에 있는 아주 큰 강이에요.

평안 감사도 저 싫으면 그만이다

무슨 뜻일까요?

겉뜻 누구나 탐내는 높은 벼슬자리라도 하기 싫어하는 사람을 억지로 시킬 수 없어요.

아무리 좋은 일이라도 당사자의 마음이 내키지 않으면 억지로 시킬 수 없다는 말이에요. 누구나 좋아하는 일과 싫어하는 일이 달라요.

감사는 조선 시대의 관찰사라는 높은 벼슬이에요. '평안 감사'는 평안 지역을 다스리는 관리를 뜻해요.

*단군왕검 대결이라니,
난 단군왕검이
되기 싫어요.

평안 감사도
저 싫으면 그만이라지만,
엑스맨이 단군왕검이
되는 건 막아야지.

*단군왕검: 우리 역사상 최초의 나라인 고조선을 세운 임금.

비슷한 속담

돈피에 잣죽도 저 싫으면 그만이다

멋진 옷과 맛있는 음식도 상대가 싫다고 하면 억지로 권할 수 없어요. 아무리 좋은 일이라도 당사자의 마음이 내키지 않으면 억지로 시킬 수 없다는 말이에요.

황소 뒷걸음치다 쥐 잡는다

무슨 뜻일까요?

겉뜻 황소가 뒤로 물러서다가 우연히 쥐를 밟아 잡았다는 뜻이에요.

어리석은 사람이 미련한 행동을 하다가 우연히 좋은 성과를 얻었을 때 쓰는 말이에요. 무언가 우연히 알아맞힌 경우에도 사용해요.

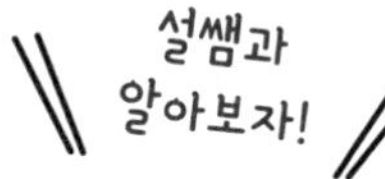

황소는 큰 수컷 소를 말해요.

황소

구해 줘서
정말 고맙소.

아하하,
별 말씀을요.

마침 반란군
위로 떨어져서
*김유신 장군을 구하다니…
황소 뒷걸음치다
쥐 잡았군.

*김유신: 신라의 삼국 통일 전쟁을 주도한 장군.

비슷한 고사성어

어부지리 漁夫之利

어부가 이득을 봤다는 뜻으로, 새와 조개가 싸우는 사이 어부가 둘을 잡았다는 이야기에서 만들어진 말이에요. 엉뚱한 사람이 애쓰지 않고 이득을 봄을 의미해요.

속담 빈칸 채우기

빈칸에 들어갈 단어를 써 보세요.
설쌤이 알려 주는 단어가 들어가요.

1. ☐☐이 곡할 노릇이다 154쪽
2. ☐☐☐ 키 재기 162쪽
3. ☐☐ 뀐 놈이 성낸다 178쪽
4. 불난 집에 ☐☐☐ 한다. 180쪽
5. ☐☐가 방앗간을 그저 지나랴 188쪽

답은 207쪽

숨은 그림 찾기 정답

9쪽

눈이 뒤에 달렸어? 조심성 없이!
같이 부딪혔잖아요!
뭐? 말을 곱게 해야지.
가는 말이 고와야 오는 말이 곱죠!

11쪽

*안중근이 누구야? 유명해?
친구야… 너 정말 심각하구나?
하하… 개구리 올챙이 적 생각 못 한다더니.

13쪽

*선덕여왕님, *첨성대가 정말 하늘을 알려 줄까요?
공든 탑이 무너지겠느냐.
열심히 했으니 반드시 성공할 거란다.

15쪽

전하가 불시에 *성균관에 방문해 시험을 치다니! 유생들을 괴롭히기로 작정하신 게야.
욕도 어찌나 찰지게 하시는지!
쉿! 낮말은 새가 듣고 밤말은 쥐가 듣는다네.
짝~
하핫…, 전하 장수하시겠어요.

17쪽

저 사람, 세 보이는데 괜찮겠어?
걱정 마. *씨름이라면 자신 있어!
돌다리도 두드려 보고 건너라고 했어.
방심하지 말고 신중해야 해.

19쪽

으하핫! *김홍도의 *씨름도를 손에 넣었…
이게 뭐야!
뛰는 놈 위에 나는 놈 있는 법! 미리 바꿔 놨소.

21쪽

아~, 살살 녹는다. 할머니 떡이 시장에서 최고로 맛있어요.
아유, 고 녀석~ 말도 예쁘게 하는구나. 하나 더 주마.
말 한마디에 천 냥 빚도 갚는다더니….

23쪽

지도는 조상들이 남긴 지도들을 분석하고, 찾아다니며 확인하는 과정을 거쳐서 만든단다.
하아… 김정호 선생님, 그렇게 해서 언제 전국 지도를 완성해요?
무쇠도 갈면 바늘 된다지 않느냐?
*대동여지도는 꾸준한 인내와 노력으로 만들어졌구나.

25쪽

과거의 *견훤은 죽었습니다. 지난 일은 잊고 저와 함께 큰 뜻을 펼쳐 주시지요.
비 온 뒤에 땅이 굳어지듯 우리의 동맹이 큰 힘을 발휘할 것입니다.
폐하….

27쪽
이번에는 김정호 선생님을 만나러 갈까?
전 이순신 장군님을 만나고 싶어요!
허준 선생님!
안중근 선생님을 만나러 가요!
사공이 많아 배가 산으로 가겠어.

29쪽
온달아, 다리 그만 떨어. 세 살 버릇 여든까지 간다~.
그래, 한번 생긴 습관은 고치기 아주 힘들단다.
온달이도 *안중근 선생님처럼 독서 습관을 만들면 좋을텐데~.

31쪽
헤드폰 오래 끼고 있으면 귀 나빠져.
엇, 괜찮아. 나 건강해.
소 잃고 외양간 고치면 무슨 소용이야? 미리미리 조심해야지!

33쪽
착하고 성실한 사람인 줄 알았는데, 사기꾼이었다니!
그러게, 열 길 물속은 알아도 한 길 사람 속은 모른다잖아~!

35쪽
어엇…, 그래도 역사 시험은 잘 봤구나.
우물을 파도 한 우물을 파야 한대요.
저는 역사에만 집중했죠~.

37쪽
하핫, *정약용 선생님, 죄송해요. 저희 때문에 화성 공사장이 엉망이 됐네요.
웃는 낯에 침 뱉을 수도 없고….
괜찮다. *거중기를 이용하면 금방 복구할 수 있겠지.

39쪽
로빈, 왜 그래?
냄새를 놓쳤나?
괜찮아, 로빈! 원숭이도 나무에서 떨어진대.

41쪽
어린 아이가 할아버지를 꼭 닮았네.
어휴… 윗물이 맑아야 아랫물이 맑지.

43쪽
*허준 선생님, 약초 캐러 이렇게 아침 일찍 가야 해요?
늦어지면 약초꾼들이 몰려온단다.
일찍 일어나는 새가 벌레를 잡는 법이니 부지런히 움직여야 해.

45쪽
으악, 못 하겠어! 만들기 숙제는 하기 싫다고!!
내가 도와 줄테니 시작해 보자.
천 리 길도 한 걸음부터 라고 하잖아~.

47쪽
저더러 *단군왕검이 되라고요?
그래.
좋은 심성과 행동이 좋은 결과를 불러왔구나. 역시 콩 심은 데 콩 나고 팥 심은 데 팥 나는 법이지.

49쪽
설쌤, 이제 어떻게 하죠? 이렇게 깊은 구덩이에 빠지다니….
진정해. 하늘이 무너져도 솟아날 구멍이 있단다. 방법을 찾아 보자.

숨은 그림 찾기 정답

51쪽

57쪽

59쪽

61쪽

63쪽

65쪽

67쪽

69쪽

71쪽

73쪽

온달아, 너도 우리가 질 것 같으냐?
글쎄요, *이순신 장군님은 천하무적이지만~
고작 13척의 배로 왜군 수백 척을 상대하는 건 달걀로 바위 치기 같아요.

75쪽

엑스맨, 당장 내려 와!
하하하하! 닭 쫓던 개 지붕 쳐다보는 꼴이구나!

77쪽

아, 앉아 계세요. 마실 것도 좀 가져 올게요.
치킨 심부름에 준비까지~? 고맙다, 온달아~
킥킥, 도둑이 제 발 저리나 봐요.
흥, 닭다리를 먼저 먹었나 본데요?

79쪽

우습구나. 후백제를 건국한 나 *견훤이 아들에게 왕위를 빼앗길 줄이야.
금산사에 갇혀 꼼짝 못하는 신세가 물 밖에 난 고기와 다름 없구나.

81쪽

응? 두부가 없네. 어쩌지?
심부름비 삼천 원만 주시면 제가 사 올게요!
후훗, 배보다 배꼽이 큰, 깜찍한 협상이네.

83쪽

온달아, 미안해.
흥, 구박할 땐 언제고, 병 주고 약 주니?
내가 이런 거에 넘어갈 줄 알아?
온달이가 내 빵 먹은 줄 알고…, 로빈이가 그런 줄 몰랐어.

85쪽

오늘은 이만 물러나지만 다음엔 절대 가만두지 않겠다!
흥, 빈 수레가 요란하다지?
도망가는 주제에 큰 소리는!

87쪽

*김홍도 선생님, 이 붓 좋아 보이죠? 자개로 만든 붓 통도 준대요.
좋아 보이지만 빛 좋은 개살구란다. 금방 갈라지더구나.
겉모습에 넘어간 *화공이 꽤 있지.

89쪽

온달아, 담벼락에 낙서를 하면 어떡하니!
어물전 망신은 꼴뚜기가 시킨다더니 창피해서 못 살아!
어, 엄마…

91쪽

헉, 어떡하지? 내가 깨뜨렸어!
테이프로 살짝 붙일까?
장 박사님께 사실대로 말하고 해결하자.
그런 언 발에 오줌 누기로는 해결 안 돼.

93쪽

앗, 깜짝이야! 귀신인 줄 알았잖아! 머리카락 풀어 헤치지 마.
으휴, 그럼 머리카락을 묶고 말리니?
자라 보고 놀란 가슴 솥뚜껑 보고 놀란다더니,
매일 귀신 나오는 만화 보니까 그렇지!

95쪽

쪼끄만 녀석이 나를 이길 수…
헉!
이야~ 작은 고추가 더 맵구만!
작다고 무시하면 안 되지!

숨은 그림 찾기 정답

97쪽

99쪽

105쪽

107쪽

109쪽

111쪽

113쪽

115쪽

117쪽

119쪽

121쪽

123쪽

125쪽

127쪽

129쪽

131쪽

133쪽

135쪽

137쪽

139쪽

141쪽

숨은 그림 찾기 정답

143쪽

으앗, 써!
허준 의원님, 이거 약초 맞아요? 독초 아니에요?
하하, 입에 쓴 약이 병에는 좋은 법이란다.

145쪽

이분이 하늘에서 내려온 *단군왕검이 될 분이라고 하신다.
저 사람은 악당이에요!
엑스맨, 입이 비뚤어져도 말은 바로 하랬어! 네 정체를 밝혀라!

147쪽

온달아, 네가 고구려의 부마가 될 수 있도록 도와 줄게.
네? 부하요?
호랑이 굴로 가야 호랑이 새끼를 잡는 법!
역사 속 위인들의 지혜를 얻기 위해 과거로 떠날 거야.

153쪽

너무하는군. 사람을 이렇게 패다니.
*관아에 가요. 사또께 억울함을 호소해 보면…
가재는 게 편인데 말하면 뭐해?
관아에서는 노비의 처지 따위에는 관심도 없겠지.

155쪽

온달아, 여긴 아까 왔던 곳이야.
응? 분명 지도를 따라 온 건데 어떻게 된 거지?
귀신이 곡할 노릇이네.

157쪽

거기 서라! 지도 사기꾼!
쳇, 가짜 지도인 걸 들켰군.
꼬리가 길면 밟히는데, 이곳에서 너무 많이 팔았어.

159쪽

온달아, 목판들을 이쪽으로 옮겨 주겠니? 무거우니 조심하거라.
*김정호 선생님, 저한테 맡겨 주세요. 이 정도는 누워서 떡 먹기죠.

161쪽

설쌤! 이것 봐요~. 방 청소하다가 돈 주웠어요!
그래. 도랑 치고 가재 잡았구나.
네가 잃어버렸던 돈이겠지만….

163쪽

*김홍도 선생님, 제가 더 잘 그렸죠?
제 그림이 더 낫죠?
도토리 키 재기구먼~.
그, 글쎄~.

165쪽

167쪽

169쪽

171쪽

173쪽

175쪽

177쪽

179쪽

181쪽

183쪽

185쪽

187쪽

숨은 그림 찾기 정답

189쪽

가래엿이 왔어요~
그럼 그렇지~. 참새가 방앗간을 그냥 지나치겠어?

191쪽

그 위인첩에 만났던 위인들의 정보를 기록해 두면 훗날 도움이 될 거야.
멋지다~! 이걸 다 채우려면 오래 걸리겠어.
티끌 모아 태산이야~.

193쪽

*단군왕검 대결이라니, 난 단군왕검이 되기 싫어요.
평안 감사도 저 싫으면 그만이라지만, 엑스맨이 단군왕검이 되는 건 막아야지.

195쪽

구해 줘서 정말 고맙소.
아하하, 별 말씀을요.
마침 반란군 위로 떨어져서 *김유신 장군을 구하다니~ 황소 뒷걸음치다 쥐 잡았군.

놀이 정답

52~53쪽

100~101쪽

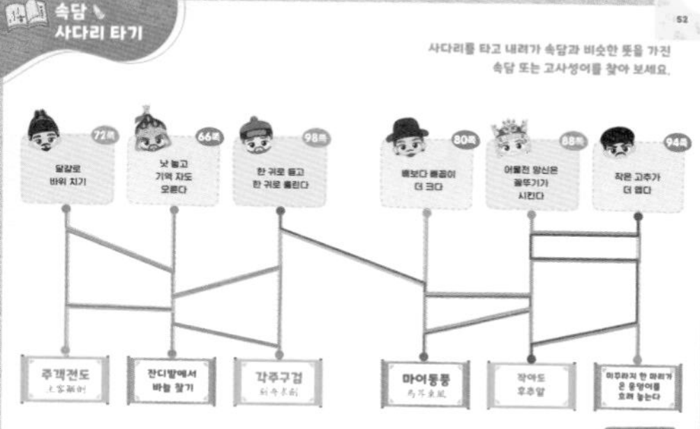

148~149쪽

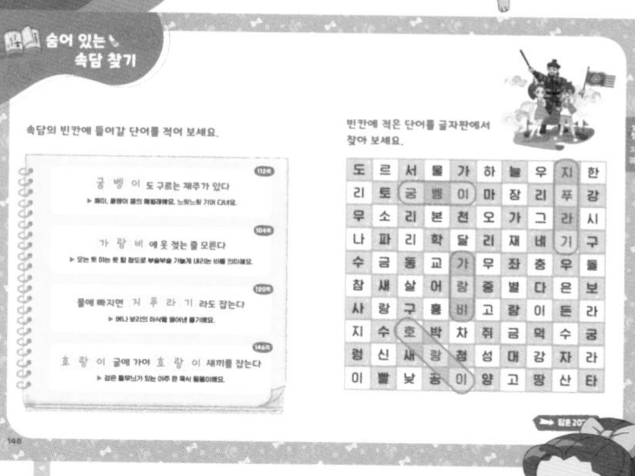

196~197쪽

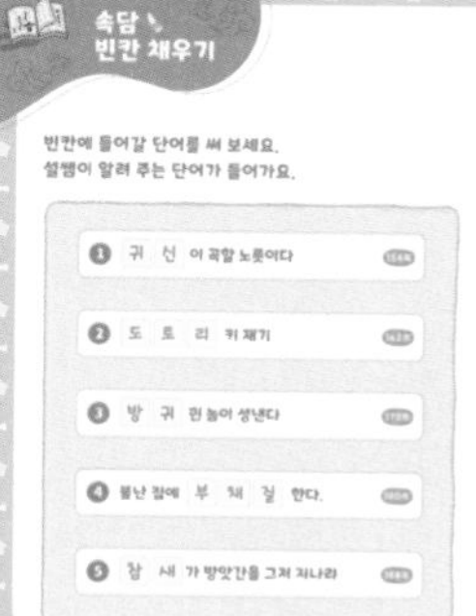

찾아보기

초판 1쇄 인쇄 | 2025년 2월 14일
초판 1쇄 발행 | 2025년 2월 26일
그림 | 전영신
구성 | 박수정
디자인 | 김윤미
발행인 | 심정섭
편집인 | 안예남
편집팀장 | 최영미
편집 | 박유미
브랜드마케팅 | 김지선, 하서빈
출판마케팅 | 홍성현, 김호현
제작 | 정수호

발행처 | (주)서울문화사
등록일 | 1988년 2월 16일
등록번호 | 제2-484
주소 | 서울특별시 용산구 새창로 221-19(한강로 2가)
전화 | 02-791-0708(구입) 02-799-9171(편집) 02-790-5922(팩스)
인쇄처 | 에스엠그린
ISBN | 979-11-6923-497-9
979-11-6923-456-6 (세트)